이계
마왕성
CASTLE OF
ANOTHER WORLD

이계마왕성 7

강한이 장편 소설

초판 1쇄 찍은 날 § 2013년 5월 23일
초판 1쇄 펴낸 날 § 2013년 5월 29일

지은이 § 강한이
펴낸이 § 서경석

편집부장 § 권태완
편집책임 § 어정원

펴낸곳 § 도서출판 청어람
등록번호 § 제1081-1-89호
등록일자 § 1999. 5. 31
어람번호 § 제1-1591호

주소 § 경기도 부천시 원미구 심곡2동 163-2 서경B/D 3F (우) 420-822
전화 § 032-656-4452 팩스 § 032-656-4453
http://www.chungeoram.com
E-mail § chungeorambook@daum.net

ⓒ 강한이, 2012

ISBN 978-89-251-3270-9 04810
ISBN 978-89-251-2913-6 (세트)

※ 파본은 구입하신 서점에서 교환하여 드립니다.
※ 저자와 협의하여 인지를 붙이지 않습니다.
※ 이 책은 도서출판 청어람과 저작자의 계약에 의해 출판된 것이므로,
  무단 전재 및 유포·공유를 금합니다.

CASTLE OF ANOTHER WORLD

7

FUSION FANTASTIC STORY

강한이 장편 소설

이계
마왕성

목 차

1장 공방   7

2장 호감   55

3장 보복   91

4장 실연   123

5장 약점   177

6장 백기사   209

7장 자비   241

8장 본 드래곤   269

화보부록   297

제1장

공방

이계
마왕성

〈현 마왕성 개발 현황:개요〉
―마왕성(Lu.5)
―던전관리소(Lu.3)
―공작소(Lu.2)
―의뢰소(Lu.1)
―정령계약소(Lu.1)
―속성학습실(Lu.1)
―크리쳐관리실(Lu.1)
―속성수련실(Lu.1)

―환전소(Lu.1)

〈제5전 공방〉
―난이도:☆☆☆☆☆☆
―획득가능보상:도른코인, 3서클 마법서적 전반, 장비 레시피, 슬라빅의 마도서 무작위 12권
―몬스터정보:망각의 장인 타하디

'이걸로 칸체레 수도원은 끝인가.'
채빈은 던전관리소의 마법진에 몸을 맡기며 문득 생각했다.
지금까지 헤쳐 온 칸체레 수도원 하위 던전들의 풍경이 뇌리를 스쳐 가고 있었다.
공략이 쉬웠던 던전은 하나도 없었다.
수면 마법을 발산하는 꽃밭 속에서 흑요석 낫을 든 디스파테르와 사투를 벌였던 나선정원 던전, 거대한 그란델의 발밑에서 활로를 찾아 헤맸던 과수원 던전, 시체 더미 속에서 죽음의 냄새를 물씬 느꼈던 지하묘지 던전, 공략 방법 자체를 몰라 헤매다가 위기를 겪었던 도서관 던전까지…….
모든 던전의 풍경이 이제는 추억처럼 채빈의 눈앞을 하나씩 스쳐 지나가는 것이었다.

돌아보니 적지 않은 시간이 걸렸다.

그리고 드디어 칸체레 수도원 던전도 딱 하나만이 남았다.

지금 눈앞에 닥친 마지막 던전, 공방. 이곳 역시 만만한 수준은 절대 아닐 것이다.

채빈은 적당한 긴장감을 일으켜 몸의 근육을 팽팽하게 당겼다.

두 정령도 채빈의 양어깨 위에서 위치를 잡는 등 부산하게 움직이고 있었다.

그들에게 시선이 닿았을 때 채빈은 미소를 지었다. 이 두 정령이 없었다면 자신이 오늘 이 자리에 무사히 서 있을 수 있었을까 하고 생각하면서.

마법진이 뿜어내는 빛의 폭발이 끝나고 채빈 일행은 공방 던전의 입구로 인도되었다. 좁고 어두운 복도였다. 10미터쯤 앞에서 은은히 흘러나오는 빛을 따라 채빈은 걸음을 내딛었다.

복도를 빠져나오자 너비 30미터가량의 정사각형 홀이 나타났다.

천장과 벽, 그리고 바닥까지 암회색의 철제로 이루어진 점을 빼면 별다른 특징은 없었다.

네 귀퉁이에서 타오르고 있는 화롯불이 조명 역할을 하고 있었다.

"저길 보시죠, 형님."

프라이어가 빛을 깜박이며 몸을 움직였다. 채빈의 시선이 프라이어를 따라 홀 중앙으로 향했다.

그곳에는 채빈의 허리춤까지 다다르는 높이의 작은 육각기둥이 서 있었다.

"가보자."

육각기둥 외에는 달리 장치라고 할 만한 시설도 없었다. 채빈은 걸음을 옮겨 기둥 앞으로 다가섰다. 아무런 무늬도 없이 매끈한 그 기둥으로 채빈은 손을 뻗었다.

우우우웅!

채빈의 손이 접촉한 순간 기둥이 진동하기 시작했다.

진동은 빠르게 거세져 채빈이 딛고 선 정사각형 홀 전체를 뒤흔들었다. 채빈은 발을 움직여 중심을 잡는 한편 빠르게 주위를 살폈다.

철컹! 철컹! 철컹! 철컹!

변화는 이미 시작되고 있었다. 사면의 철제 벽이 굉음을 일으키며 뒤로 넘어간 참이었다.

벽면이 넘어가고 생겨난 공간 너머로 기다란 복도가 뻗어 있었고, 복도 끝은 검푸른 빛으로 휘감겨 있었다.

"뭐야, 이건. 무슨 구조지?"

채빈은 혼란스러웠다.

정사각형 홀의 한가운데 선 기둥. 사면의 벽마다 각각 생겨난 네 개의 복도. 그리고 복도 끝에서 천천히 유영하는 검푸른 빛의 덩어리. 이것만으로는 아직 던전의 구조가 감이 잡히지 않았다.

"엇, 주인님! 이걸 좀 보세요!"

운디네가 소리치며 채빈을 끌어당겼다. 작은 육각기둥의 표면에 한 줄의 글귀가 떠오르고 있었던 것이다. 마계 공용어였다.

─몰려오는 적들로부터 *30분간 제어장치를 수호하시오.*

"몰려오는 적들? 제어장치를 지키라고?"
"이 기둥이 제어장치인가 봐요."
"그럼 적들은 어디서……? 아, 저 네 개의 복도에서부터?"
"구오오오오오!"

추측은 채빈이 채 돌아보기도 전에 현실이 되었다. 네 개의 복도 끝마다 자리한 검푸른 빛에서부터 몬스터들이 쏟아져 나오고 있었다.

검푸른 빛이 몬스터들을 불러들이는 일종의 마법진이었다는 사실을 채빈 일행은 비로소 깨달았다.

"뭐야, 너무 많은 거 아니야?!"

동쪽에서는 구울, 서쪽에서는 거대한 스톤골렘, 남쪽과 북쪽에서는 병장기로 무장한 스켈레톤 병사들이 떼거지로 밀려나오고 있었다.

구울과 스켈레톤 병사들의 머릿수만 해도 족히 30마리는 넘을 듯했다. 스톤골렘이 달랑 한 마리라고 좋아할 상황이 아니었다.

"시그너스 아… 아니지!"

채빈은 시그너스 아머를 발동시키려다 그만두었다.

이 던전이 언제까지 지속되는 것인지 알 수 없었다.

30분간 제어장치를 수호한 이후에 또 무슨 함정이 기다리고 있을지 모르는 노릇이었다.

사용시간 12분이 한계인 시그너스 아머를 벌써부터 쓸 순 없었다.

"형님, 시그너스 아머는……?"

"아직은 괜찮아. 이 정도는 좀 바쁘게 뛰어다니면 우리 셋이서 충분히 해치울 수 있잖아? 최상의 무기니까 가능하면 아껴두자."

"알겠습니다."

"자, 그럼 파트를 나눠야겠는데."

"제가 빛 속성이니 구울과 스켈레톤 병사들을 맡겠습니다."

운디네가 욕조에서 일어서며 끼어들었다.

"아니야, 프라이어. 넌 저 뼈다귀들만 집중해. 구울 정도는 이 운디네 혼자서도 충분히 막아낼 수 있으니까."

"그렇게 해주면 고맙고."

"니들 의견이 이렇게 쉽게 일치할 때도 있네. 그럼 저 큼지막한 돌괴물은 내가 상대할게."

채빈과 두 정령이 각자 맡은 방향으로 돌아섰다. 밀물처럼 들어오는 몬스터들을 향해 이윽고 그들은 저마다 몸을 날렸다.

채빈은 비명 같은 기합을 내지르며 스톤골렘의 머리 위에서 몸을 뒤틀고 있었다.

'최소한 30분은 걸릴 테지.'

채빈이 공방 던전으로 들어서고 난 뒤의 마왕성 내부.

홀로 본성 앞마당에 앉아 있던 드미트리는 허기가 느껴지는 배를 매만지며 몸을 일으키고 있었다.

'공략하고 난 뒤엔 보상 물품을 살피느라 한동안 여념이 없을 테니……. 그럭저럭 한 시간은 문제없겠군.'

채빈이 던전 공략을 하는 사이에 드미트리는 식사를 할 생각이었다.

갈 곳은 이미 지구로 정해두었다. 출생성분 탓인지 마계의 음식은 그의 입에 별로 맞지 않았다.

"같이 가시렵니까?"

담배쌈지를 주머니에 챙겨 넣으며 드미트리가 넌지시 물었다.

바로 그 직후, 마왕성의 검푸른 하늘이 뒤엉키면서 거대한 여성의 얼굴을 만들어냈다.

─어딜 갈 건가요, 드미트리?

"식사하러 갈 참입니다."

─전에 함께 갔던 러시아의 그 식당이라면 별로였어요.

거대한 얼굴이 말했다.

드미트리는 연미복의 옷깃을 짜증스럽게 탁탁 털어댔다.

"그럼 직접 정하시지요. 젤마 님이 원하시는 곳으로 가겠습니다."

─음……. 그럼 한국으로 가요.

드미트리가 뒤통수를 얻어맞은 얼굴로 고개를 쳐들었다.

"네? 한국이요?"

─그래요. 이채빈이 태어난 곳 말이에요. 왜요? 안 되나요?

"아, 뭐……. 안 될 이유는 전혀 없지만……."

말끝을 흐리는 드미트리의 표정엔 불만감이 역력했다.

채빈에게 관심을 가진 듯한 여자의 모든 행동이 그로서는 짜증스러웠다.

채빈이 확 사고라도 당해서 돌아오지 못했으면 좋겠다는 바람이 드미트리의 가슴속에 강하게 휘몰아쳤다.

"그렇게 가실 겁니까?"

드미트리가 위를 쓱 올려다보며 물었다.

거대한 얼굴이 싱긋 웃더니 하늘에서부터 자취를 감추었다. 곧이어 한 줄기 가느다란 빛이 지상까지 이어져 내려왔고, 그 빛 속에서 늘씬한 체구의 한 여자가 걸어 나왔다.

"흐음."

"이 정도면 어색하지 않은 인간의 모습 아닌가요?"

드미트리가 고개를 흔들며 여자의 머리를 가리켰다.

"그 붉은 머리칼이 좀 많이 눈에 띕니다."

"단순한 외국인으로 보일 텐데요?"

드미트리는 다시 눈을 위아래로 움직이며 말을 이었다.

"키도 너무 커서 거슬려요. 무슨 촬영 나온 모델 같습니다."

"드미트리 님께서 유난히 오늘 지적이 심하시네."

여자가 몸을 가볍게 한 바퀴 돌렸다. 찰랑거리며 흔들린 머리칼이 흑발로 변하면서 키도 얼마간 줄어들었다.

어느새 그녀는 어떻게 봐도 평범한 동양인의 모습이 되어 있었다.

"이 정도면 문제없겠지요?"

"대충 그런 것 같군요."

"어서 맛있는 곳으로 안내나 하시죠."

여자가 드미트리와 팔짱을 꼈다. 드미트리는 굳은 표정으로 가볍게 손뼉을 쳤다.

그 즉시 둘은 마왕성에서부터 한국의 어느 한 곳으로 이동되었다.

"여기가 어디죠?"

여자가 주위를 둘러보며 물었다. 낡은 토담이 늘어서 있는 어느 골목 안이었다.

가로수 잎사귀 사이로 따사로운 햇볕이 쏟아져 내려오고 있었다.

"인사동입니다. 이 근처에서 한 번 먹어보고 괜찮아서 텔레포트를 지정해 두었죠."

"그래요? 기대되네."

"가실까요."

얼마간 걸음을 옮겨 둘이 당도한 곳은 한 면옥이었다.

한창 식사 시간이 아니어서인지 가게 내부는 한산한 편이었다.

드미트리와 여자는 안쪽의 테이블에 자리를 잡고 앉았다.

드미트리가 직원에게 주문했다.

"물냉면 두 그릇과 왕만두 주시오."

"네, 알겠습니다."
"왕만두? 어떤 음식이에요? 냉면은 먹어봤는데."
"드셔보시면 압니다."
여자가 눈을 흘기며 두 볼을 빵빵하게 부풀렸다.
"드미트리, 오늘 이상해요."
"제가 뭘요."
"왜 그렇게 말하는 게 무뚝뚝하죠?"
"안 이런 적 있었습니까?"
"유별나게 심하다고요. 기분이 안 좋아요?"
"그 반대입니다. 미쳐 버릴 정도로 기분 좋아요."
"이것 봐요! 계속 투덜대잖아. 설마, 이채빈의 집사 업무를 봐달라고 부탁한 것 때문에 아직도 화가 나 있다거나?"
이채빈이라는 이름이 또 나오자, 드미트리는 컵에 냉수를 따르더니 벌컥벌컥 들이켰다.
"정말 그것 때문이에요?"
"아닙니다. 이미 다 지난 일이지 않습니까."
"그럼 대체 왜 그래요?"
여자가 두 손을 모아 턱을 괴고 얼굴을 가까이 하며 물었다.
드미트리는 맑고 반짝이는 그녀의 두 눈을 한동안 응시한 끝에, 꺼져 드는 목소리로 중얼거리듯 대답했다.

"제가 보기에 관심이 과하십니다."

"이채빈에게?"

"이채빈 말고 달리 누굴 말하고 있겠습니까?"

"그냥 한국에 밥 먹으러 온 것뿐이잖아요."

"아니죠. 젤마 님은 '이채빈이 태어난 한국'에 밥을 먹으러 오신 거죠."

"집요해요, 드미트리."

주문한 냉면과 왕만두가 나왔다. 여자는 두 눈을 반짝이며 자기 앞으로 냉면 그릇을 끌어당겼다.

그 옆으로 식초와 겨자를 밀어주며 드미트리가 빈정거리듯이 말을 이었다.

"다른 후보들에게는 전혀 관심이 없으시잖습니까."

"알아서들 잘할 인간들이니까요. 그 둘은."

대답과 동시에 여자는 냉면 한 젓가락을 입안 가득 밀어 넣고 있었다. 이가 시리도록 차가운 면발에 이맛살을 찌푸리면서.

"그러면 걱정입니까?"

"걱정?"

"로이드 모빅과 공손채는 알아서 잘할 인간들이니 관심을 두지 않는다는 의미로 들렸습니다. 하지만 이채빈은 제 앞가림을 제대로 못할 인간이니 어느 정도 지켜볼 필요가 있겠다… 이런 뜻 아닙니까?"

여자가 앞니로 면발을 끊고 드미트리를 똑바로 쳐다보았다.

"드미트리, 제 행동에 그렇게 의문점이 많아요? 어차피 제가 뭘 해도 변하는 건 없잖아요. 제가 그들의 성장에 개입할 부분도 없는 거고."

"그러면서 왜 걱정을 하십니까?"

"왜 재차 불필요한 질문을 하죠?"

"젤마 님께서 이채빈을 걱정하시는 그 자체가 제 신경에 거슬립니다. 그것도 세 후보 중 가장 나약한 인간에게."

드미트리의 언성이 약간 높아졌다. 커플로 보이는 옆자리의 두 남녀가 힐끗 그들에게로 시선을 던지고 있었다. 개의치 않고 드미트리가 말을 계속했다.

"솔직히 진심으로 걱정됩니다."

"무슨 걱정이요?"

"젤마 님께서 구역전쟁을 앞두고 다른 마음을 품으실까 봐."

"…훗."

여자는 가볍게 웃을 뿐, 대답하지 않고 젓가락을 놀렸다.

묵묵히 면발을 빨아들이는 그녀 앞에서 드미트리는 더 말을 잇기가 거북했다.

언제 대화를 했었냐는 듯이 둘은 한마디 말도 하지 않고 조용한 식사를 이어갔다.

"드미트리."

식사를 거의 끝마칠 무렵 여자가 입을 뗐다.

드미트리가 왕만두를 반으로 쪼개다 말고 고개를 들었다.

"당신은 마계의 음식을 싫어하죠?"

"싫어하는 정도는 아닙니다. 지구 음식이 더 입에 맞을 뿐이지요."

"왜 그럴까요?"

"당연한 걸 물으십니까. 제가 어디서 태어났는지 아시면서."

여자가 일시에 환하게 웃어보였다. 영문을 알 수 없는 드미트리가 두 눈을 깜박이며 되물었다.

"왜 갑자기 웃으시죠?"

"그거예요."

"네? 무슨……."

"그런 거라고요. 팔은 안으로 굽는다고들 하죠?"

"무슨 뜻인지 전혀 모르겠습니다. 자세히 말씀해 주세요."

드미트리가 혼란스러운 얼굴로 따지듯이 물었다. 하지만 여자는 더 말할 생각이 없는 눈치였다.

티슈로 입을 닦자마자 그녀는 의자를 밀고 먼저 자리에서 일어섰다.

"잘 먹었어요. 먼저 나가 있을게요."

"질문에 답도 안 하시면서 계산도 저더러 하라는 겁니까?"

"마계재벌께서 엄살은."

여자가 가게를 나섰다. 드미트리는 두 눈을 질끈 감은 채 손을 뻗어 컵을 잡았다. 그리고 입에 머금은 순간 뿜어버렸다.

물이 아니라 간장이었다.

콰아아앙!

"푸우우웁!"

채빈이 입안에 깔깔하게 들어찬 흙가루를 힘차게 뿜어냈다.

눈앞에선 그의 정권에 산산조각이 난 스톤골렘의 잔해가 무너져 내리고 있었다. 이걸로 세 마리째였다.

"후우……!"

관자놀이로 흐르는 땀을 닦으며 채빈은 뒤를 살폈다. 프라이어와 운디네가 몬스터들을 상대로 철벽 수비를 지속하고 있었다.

충분히 버틸 만한 수준이었다.

몬스터들은 줄줄이 검은 마법진을 통해 나타나고 있었지

만 그 수가 급격하게 불어나는 정도는 아니었다.

 아직 몬스터들은 홀 가운데의 육각기둥에 손끝 하나 대지도 못한 상황이었다.

 '이 정도면 무리는 없겠는데.'

 채빈은 손목을 들고 시계를 들여다보았다. 이제 거의 25분이 지났다.

 앞으로 5분만 더 수호하면 끝이었다, 그것도 압승으로.

 "어?"

 그때였다. 프라이어가 맡은 스켈레톤 병사들의 틈바구니 속에서 한 마리의 몬스터가 채빈의 시선을 끌었다.

 생긴 것은 다른 스켈레톤들과 같았지만 들고 있는 무기가 달랐던 것이다.

 '폭탄?!'

 채빈의 두 눈이 번쩍 뜨였다. 그 스켈레톤이 두 팔로 가슴 가득 받쳐 들고 있는 것은 폭탄이었다.

 머리꼭지에 달린 도화선 끝에서 불꽃이 타오르고 있었다. 폭탄을 든 스켈레톤 폭탄병은 홀리 이미지로 수를 늘린 프라이어들 중 하나에게로 뛰어들고 있었다.

 "프라이어!"

 채빈이 소리치며 뛰어들었지만 이미 늦었다.

 스켈레톤 폭탄병이 프라이어와 접촉한 찰나, 눈부신 섬광이 채빈의 시야를 가로막았다.

콰아아아아아아아아앙!

"와아악!"

격한 폭발이 일어났다. 고막이 찢어지는 굉음과 함께 채빈의 몸이 뒤로 거칠게 튕겨나갔다.

채빈은 바닥을 두세 바퀴 데굴데굴 구르고서야 겨우 몸을 추스르고 일어섰다.

"크으으……! 프, 프라이어! 운디네!"

욱신거리는 팔을 움켜잡은 채 채빈은 두 정령을 소리쳐 불렀다.

그러나 되돌아오는 대답은 없었다. 자욱한 먼지가 가시고 보이는 것은 사방에 널브러져 있는 몬스터들의 시체들뿐이었다.

"프라이어! 운디네……! 이런 씨발!"

상황을 깨닫자마자 욕설이 터져 나왔다.

폭발에 당한 두 정령이 정령계로 강제 소환된 것이 분명했다.

직격을 맞은 프라이어는 물론이고 근처에서 구울들과 맞서고 있던 운디네까지 휘말려 버린 것이었다.

오래전, 프라이어가 가고일과 싸우다 당해서 정령계로 강제 소환을 당했던 일이 채빈의 뇌리에 떠오르고 있었다.

'큰일인데!'

채빈은 당혹감을 감출 수 없었다.

그간 언제나 두 정령과 던전 공략을 함께해 왔다. 이렇게 예상치도 못한 일로 순식간에 혼자가 되어버릴 줄이야. 아픈 줄도 모르고 깨문 입술에서 살짝 피가 흘렀다.

쿠우우웅!

상황은 채빈이 마음을 추스를 시간을 주지 않았다. 동서남북 네 개의 복도에서 동시에 또 한 차례 몬스터들을 쏟아내고 있었다.

수십 마리의 구울과 스켈레톤, 그리고 큼지막한 스톤골렘을 돌아보며 채빈은 마음의 결정을 내렸다. 더는 망설일 이유가 없었다.

남은 수호시간은 4분 남짓. 아마도 이 웨이브가 마지막일 것이다.

무엇보다 이제는 자신 혼자다.

—시그너스 아머!

쿠우우우우웅!

백색의 갑옷 부위들이 빛과 함께 떠올랐다. 그것들은 스톤골렘으로 달려드는 채빈을 쫓아 득달같이 달라붙었다.

채빈이 몸을 튕겨 스톤골렘의 정수리를 향해 정권을 내리찍을 즈음엔 완전히 무장이 끝났다.

―버스터!

콰아아아앙!

새로 익힌 스킬 버스터가 건틀렛에서부터 폭발했다.

강력한 힘이 실린 정권은 단 한 방으로 스톤골렘의 머리를 박살 내버렸다.

초조한 위기감 속에서도 채빈은 그 위력에 입을 떡하니 벌렸다.

시프트로 마나를 응축하지도 않았는데 이런 엄청난 파워를 일으키다니.

그런 괴력을 내보였음에도 불구하고 마나 소모량은 미미한 편이었다.

'쓸 만한데!'

그러나 감탄만 하고 있을 때는 아니었다. 이 와중에도 몬스터들은 줄을 이어 나타나고 있었다. 채빈은 무너지는 스톤골렘을 등지고 돌아섰다.

"뭐가 이렇게 많아!"

채빈이 경악해서 소리쳤다. 화려한 피날레를 장식하기라도 하겠다는 건지 몬스터들의 수가 지금까지의 세 배 이상을 웃돌고 있는 것이 아닌가.

스톤골렘 쪽을 제외한 삼면의 복도에서부터 거의 60마리에 달하는 몬스터들이 꾸역꾸역 밀려나오고 있었다.

"와 씨, 이거 하나라도 놓치면 좆되는 건데!"

중앙에 오롯이 선 육각기둥으로 눈길이 갔다. 순간, 채빈의 머릿속에 한 가지 비전이 그려졌다.

그것은 바로 시그너스 아머를 강화하면서 습득한 새로운 스킬이었다.

눈앞에 가로놓인 저 수많은 적들을 상대하기에는 둘도 없이 좋은 스킬이기도 했다.

'써보자!'

채빈이 비전을 떠올렸다.

돌연 일어난 한기가 채빈의 전신을 휘감기 시작했다. 몸을 바들바들 떨면서도 채빈은 비전에 온 정신을 집중시켰다.

—프로스트 바!

콰드드드드드득!

얼음처럼 차가워진 시그너스 아머의 표면 전체에서 수백 개의 얼음송곳이 솟구쳐 나왔다.

은백색의 고슴도치가 된 채빈이 한쪽 무릎을 바닥에 대고 자세를 굽혔다.

곧이어 자동 연계로 발동한 매직 타깃이 수십 마리의 몬스터들을 모조리 점찍었다.

"가라!"

파바바바바바바바바바밧!

얼음송곳들이 일시에 채빈을 떠나 허공으로 솟구쳤다.

수백 개의 얼음송곳들은 마구잡이로 쏴댄 폭죽처럼 현란하게 궤적을 그려대더니 저마다 목표로 삼은 몬스터들에게로 급강하했다.

콰아앙! 쾅! 콰콰콰콰콰쾅!

"구오오오오!"

"케에에엑!"

"끄아아아아아아아아아아아!"

겹겹이 폭발하는 은백색 섬광 속에서 돼지 멱따는 듯한 절규가 뒤섞여 터졌다.

프로스트 바에 맞은 몬스터들이 머리가 깨지고 복부가 뚫리고 팔다리가 떨어진 비참한 모습으로 나동그라지고 있었다.

일방적이었다. 수백 개의 얼음송곳이 자기 목표를 찾아가는 데까진 불과 10초가 채 걸리지 않았다.

그 많던 몬스터가 전부 주검이 되고 온건히 서 있는 건 채빈 혼자뿐이었다.

하지만…….

쿠우우우웅!

"빌어먹을, 또야?!"

산 넘어 산이었다.

프로스트 바로 해치운 숫자만큼의 몬스터들이 또 나타나고 있었다.

채빈은 다시 한 번 프로스트 바를 사용하려다가 남은 마나를 가늠해 보고 그만두었다. 프로스트 바의 마나 소모량은 적은 편이 아니었다.

"젠장, 마지막인 줄 알고 썼는데 개새끼들이!"

프로스트 바의 대안으로 슬라빅의 마도서 중 거울의 서를 이용한 공격법이 떠올랐다.

하지만 그건 더욱 무리라는 걸 채빈은 이내 깨달았다. 눈앞의 몬스터들은 모두 물리공격만을 펼치고 있었다.

흡수의 서로 적의 마나를 흡수할 방도가 없으니 온전히 채빈 자신의 마나를 소모해야만 하는 상황이었다.

그래서 채빈은 작전을 바꿨다.

한 번은 마나를 썼으니 이번에는 내공을 쓰기로 했다.

마법공격에 비해서 손은 많이 가겠지만 알 수 없는 뒤를 대비하자면 그 편이 나을 것 같았다.

쿠우웅!

채빈이 공력을 끌어올리며 몬스터들에게로 몸을 날렸다. 그가 꺼낸 카드는 극선풍류의 제1초식, 극선팔타였다.

쾅! 쾅! 쾅! 쾅! 쾅! 쾅! 쾅!

"꾸에에에에에엑!"

왼쪽 주먹에서부터 팔꿈치, 어깨, 회전과 동시에 오른쪽 어깨, 팔꿈치, 다시 주먹까지.

채빈은 물 흐르듯 부드럽고도 신속하게 움직이며 몬스터 무리를 이리저리 휘감았다.

"캬하하하하하학!"

"그어어어어어어!"

몬스터 한 마리에 일 타씩이면 충분했다.

초식이 한 차례 끝을 낼 때마다 여덟 마리의 몬스터들이 피를 토하고 으스러지며 나자빠지고 있었다.

속성 수련실에서 열심히 수련한 성과를 채빈은 톡톡히 느끼고 있었다.

그러던 어느 순간.

'폭탄병!'

정신없이 분투하는 와중에 스켈레톤 폭탄병 한 마리가 채빈의 눈에 밟혔다.

프라이어와 운디네를 삼켜 버린 빌어먹을 몬스터가 또다시 모습을 드러낸 것이다.

'일단 거리를 둬야지!'

시그너스 아머를 입었어도 채빈은 안심할 수 없었다. 자신은 정령도 아닌 인간이었다.

잘못되어 당하기라도 하면 정령계로 강제 소환되는 정도

로 그치진 않는 것이다.

　거리를 두고 원거리 공격으로 해치울 생각이었다.

　"저리 꺼져!"

　퍼억!

　채빈은 거치적거리는 주위의 몬스터들을 튕겨내고 뒤로 물러섰다.

　좌우로 펼친 두 손바닥 위에서는 푸른빛의 마나가 끓어오르고 있었다.

　―매직 애로우!

　퍼엉! 퍼어엉!

　채빈이 힘차게 두 발의 매직 애로우를 내던졌다. 매직 애로우는 마나를 흩뿌리며 날아가 폭탄병의 얼굴과 가슴에 연속으로 처박혔다.

　정확히 맞았다.

　콰아앙! 쾅!

　"아니?!"

　채빈은 두 눈을 의심해야 했다. 폭음만 거셌을 뿐 폭탄병은 매직 애로우를 맞고도 멀쩡하게 서 있는 것이 아닌가.

　'매직 애로우로는 약했나?! 그렇다면……!'

　―라이트닝!

　콰지지지지직!

채빈의 손바닥이 이번엔 강렬한 뇌전을 내뿜었다.

매직 애로우보다 2서클이나 높은 고위 공격 마법이었다. 뇌전은 빛과 같은 속도로 뻗어나가 폭탄병을 휘감았다.

콰아앙!

그러나 결과는 이번에도 다를 바가 없었다.

"이게 뭐야!"

폭탄병은 조금도 피해를 입지 않은 기색이었다. 잠시 몸이 경직된 채 고개를 까닥거린 게 고작이었다. 투구 속에서 채빈의 안색이 새파랗게 질려갔다.

'제기랄, 어떡하지?!'

채빈이 고민하는 사이에 폭탄병은 자세를 추스르고 몸을 빙글 돌리고 있었다.

그러고는 홀 중앙의 육각기둥으로 뛰어가기 시작했다.

"멈춰, 씨발 새끼야!"

조바심이 난 채빈은 폭탄병의 등 뒤에 대고 텔레키네시스, 홀드, 슬립까지 생각나는 모든 마법을 연속으로 걸어댔다.

기적은 없이 모든 것이 허사였다. 기어코 폭탄병은 부지런히 뛰어가 중앙의 육각기둥에 당도하고 말았다.

콰아아아아아앙!

"크으윽!"

거친 폭발 앞에서 채빈은 두 팔로 눈앞을 가렸다.

폭발에 당한 육각기둥이 불에 달군 쇳덩이처럼 새빨갛게 달아오르고 있었다.

한눈에 봐도 위험상태에 도달했음을 알 수 있는 변화였다.

"저리 꺼져! 다가가지 마!"

채빈은 미친 듯이 뛰어다니며 육각기둥으로 다가드는 여타 몬스터들을 깨부쉈다.

이제 남은 시간은 불과 1분 남짓.

제발 이대로 무사히 끝을 맺기를 간절히 바라며 채빈은 쉴 새 없이 공격을 퍼부었다.

"아, 제발 좀!"

거듭된 바람도 소용이 없었다. 또다시 나타난 폭탄병의 모습은 채빈을 절망의 나락으로 빠뜨리기에 충분했다. 그것도 모자라 이번에는 무려 세 마리였다.

세 마리의 폭탄병과 그 주위를 아우른 수십 마리의 몬스터들이 육각기둥을 등진 채빈의 눈앞으로 커져 오고 있었다.

채빈은 두 다리에서 힘이 풀리는 것을 느꼈다. 이 위기를 어떻게 타개해야 옳단 말인가.

바로 그때였다.

'어?!'

왜 이제야 생각이 났을까.

너무도 당연한 묘안이 채빈의 뒤통수를 때리고 올라왔다.

지금까지 폭탄병들은 무엇인가와 접촉을 하고 폭발을 일으킨 뒤 죽었다.

자신의 폭탄에는 피해를 입는다는 의미였다.

'다른 것과 접촉시키면 해결되는 문제잖아! 개자식들! 한 방에 끝내준다!'

두 정령을 잃고 혼자 남은 초조한 상황 탓에 머리가 돌아가지 않았던 것일까.

채빈은 바보처럼 간과한 부분을 되새기며 몬스터들의 한가운데로 몸을 날렸다.

노선은 눈앞에 완벽히 그려져 있었다.

—극선풍류 제이초식, 파쇄풍.

콰아아아아!

몬스터들의 복판에서 채빈의 몸이 맹렬하게 회전하기 시작했다.

강력한 선풍이 일어나 떼거지를 이룬 몬스터들을 에워쌌다.

'조금만 더 세게!'

콰아아아아아아아아아!

채빈이 이를 악물고 더욱 내공을 실었다.

몬스터 무리 거의 전부가 제 몸을 주체 못하고 선풍에 끌려들어왔다. 세 마리의 폭탄병들도 마찬가지였다.

그들은 동료들의 틈 속에서 빠져나오지도 못하고 있었다. 어떻게든 접촉하지 않으려 잔뜩 몸을 웅크리고만 있었다.

'거의 됐어! 조금만 더……!'

빨려드는 몬스터들 중 가장 앞쪽의 무리가 파쇄풍의 타점에 닿으려 하고 있었다.

그 타격 직전의 순간에 채빈은 파쇄풍의 회전을 정지시켰다.

곧바로 채빈은 공력을 거두는 대신 마나를 끌어올리며 한 뭉텅이로 뭉친 몬스터들에게 몸을 날렸다.

―시프트!

부우우우우우웅!

레비테이션 윙과 결합된 시그너스 아머의 새 스킬이 발동되고 있었다.

채빈은 마구잡이로 뒤엉킨 몬스터들의 외곽을 쾌속하게 돌며 양 건틀렛에 마나를 응축시켰다.

'됐다!'

시프트로 모은 마나가 순식간에 건틀렛 가득 차올랐다.

채빈은 급히 질주를 멈추고 뒤엉킨 몬스터들에게로 방향을 틀었다. 마나로 팽창한 건틀렛이 몬스터들에게 직격으로 치달았다.

―버스터!

콰아아아아아아아아아앙!

"크윽!"

때린 채빈이 자기도 모르게 먼저 비명을 토해냈다.

버스터의 충격파에 몬스터들이 밀려나가면서 그에 휩쓸린 세 명의 폭탄병이 일시에 자폭을 일으켰다.

채빈은 폭발에 휘감긴 수많은 몬스터들과 함께 뒤로 튕겨나가다가 레비테이션 윙으로 자세를 바로잡고 섰다.

"아우우우……!"

채빈이 욱신거리는 양팔을 붙잡고 신음했다. 강화를 많이 해둔 덕택인지 채빈은 물론이고 시그너스 아머에도 피해는 없었다.

하지만 그것보다는 다른 몬스터들이 목숨을 잃으면서 보호막 역할을 해준 덕이 컸다. 이것 역시 채빈의 계산에 들어간 부분이었다.

"아주 그냥, 극선팔타에 파쇄풍에 시프트랑 버스터까지……! 하나라도 없었으면 엄청 피곤했겠네."

채빈이 중얼거리며 주위를 돌아보았다.

즐비한 시체더미들 사이에 딱 한 마리의 구울이 비틀거리며 서 있었다.

채빈은 움직이기도 귀찮은 얼굴로 우두커니 서서 매직 애로우를 내던졌다. 구울은 터진 머리에서 뇌수를 흩뿌리며 모로 픽 쓰러졌다.
 그리고…….
 30분의 수호시간이 모두 지났다.
 쿠우우웅!
 "우욱!"
 육각기둥이 일으킨 진동을 피해 채빈이 뒤로 한 걸음 물러났다.
 허리춤 높이에 불과했던 기둥이 쑥쑥 솟아오르고 있었다. 그제야 채빈은 잊고 있었던 공방 던전의 몬스터 정보 항목을 떠올렸다.
 망각의 장인 타하디라는 몬스터가 드디어 출현할 차례였다.
 '시그너스 아머가 끝나기 전에 해치워야 할 텐데!'
 채빈은 두려움으로 가슴을 들썩이며 두 주먹을 불끈 쥐었다.
 기둥은 솟아오르면서 점차 굵어지고 있었다. 때문에 채빈은 계속해서 뒤로 물러나야 했다. 기어코 기둥은 너비 10미터 정도까지 팽창하고 있었다.
 끼이이이이익!
 기둥은 머리끝이 천장에 가 닿아서야 상승이 멎었다.
 채빈은 눈앞의 기둥 밑 부분을 살폈다. 창살이 쭉 이어진 큼지막한 철창문이 기둥 벽면 한가운데에 달려 있었다.

'뭐지?'

채빈이 철창 너머의 어둔 공간을 들여다보았다. 그 좁은 공간은 대장간이었다.

불이 꺼진 용광로와 철판이 보였고, 기름때로 더러운 바닥 여기저기엔 각종 공구가 어지러이 흩어져 있었다.

한동안 내부를 살피던 채빈은 이내 놀란 숨을 훅, 들이켜고 말았다.

용광로 앞에 웬 녹색 피부의 몬스터가 고개를 처박고 쓰러져 있는 것이 아닌가.

움직임이 전혀 없는 것을 보니 아무래도 죽은 듯한 기색이었다.

'이게 어떻게 된 일이지?'

채빈은 천천히 다가가 철창문의 문고리를 잡았다.

문은 잠겨 있지 않아 간단히 열렸다. 안으로 들어선 채빈은 시체가 썩는 역한 냄새를 맡고 코를 비틀어 막았다.

'진짜 죽었잖아!'

착각이 아니었다.

녹색 피부의 몬스터는 죽은 지가 꽤 된 듯 부패를 일으키고 있었던 것이다.

채빈은 머릿속이 새하얗게 텅 비어버리는 감각을 느꼈다.

자기보다 앞서 누가 이곳에 들어와 이 몬스터를 죽이기라도 했다는 것인가?

채빈의 떨리는 시선이 시체 너머의 용광로 옆으로 옮겨갔다. 그곳에는 보상 상자가 오롯이 놓여 있었다.

보상 상자 옆에서는 던전의 출구가 분명한 마법진이 빛을 일으키고 있었다.

그것들은 이 공방 던전의 공략이 끝났다는 확실한 증거가 되어주고 있었다.

지금 눈앞에 엎어져 있는 시체 역시 이 던전의 마지막 보스인 망각의 장인 타하디임이 틀림없었다. 그렇다면 대체 누가 이 몬스터를 죽였단 말인가.

'원래 이런 던전인가? 잡놈들을 잡고 나면 보스는 알아서 죽는 게 맞는 건가? 아니, 그럴 리가 없잖아. 그건 억지야.'

제멋대로 보상이 변경됐던 도서관 던전보다도 몇 배는 혼란스러운 채빈이었다. 누군가 다른 존재가 이 던전에 개입했을 거라는 심증이 더욱 또렷한 색을 띠어가고 있었다.

"진짜 돌아버리겠다. 프라이어, 운디네. 너희도 가만히 있지만 말고 뭐가 말 좀……!"

채빈은 답답한 얼굴로 중얼거리며 뒤를 돌아보다가 입을 다물고 말았다.

언제나 익숙하게 곁에 머물러 있었던 두 정령은 거기 없었다. 항상 함께했기 때문일까.

폭탄병의 폭발에 휘감겨 정령계로 소환되어 버렸다는 사실을 망각하고 있었다.

쓸쓸한 바람이 어디선가 불어와 채빈의 낯 위를 훑고 지나갔다.

채빈은 힘없이 몸을 일으켜 보상 상자를 열었다.

양피지로 손을 뻗는 도중에 그는 알 수 있었다. 이번에도 보상이 변경되었다.

대공 슬라빅의 마도서는 단 한 권도 상자 안에 들어 있지 않았다.

〈상자 보상 안내〉

1. 4서클 마나의 정수
—종류:정수
—산지:로쿨룸 대륙
—설명:마시면 4서클의 마법을 다룰 수 있는 마나를 얻게 된다.
—요구조건:없음

2. 위저드 아이 마법서

—종류:3서클 마법서적
—산지:로쿨룸 대륙
—설명:멀리 떨어진 장소의 대상을 살펴볼 수 있다. 3서클의 마나를 갖춘 자라면 사용 가능하다. 책을 펼치면 습득할 수 있다.
—요구조건:3서클 이상의 마나

3. 축척의 상자
—종류:상자
—산지:로쿨룸 대륙
—설명:축척이 담긴 상자. 축척을 사용하면 물품을 강화할 때 성공할 확률이 높아진다. 상자를 던지면 무작위로 1~10개의 축척을 얻을 수 있다.
—요구조건:없음

4. 보호척의 상자
—종류:상자
—산지:로쿨룸 대륙
—설명:보호척이 담긴 상자. 보호척을 사용하면 강화에 실패했을 경우 물품이 파괴되거나 수치가 하락하는 일을 막을 수 있다. 상자를 던지면 무작위로 1~10개의 보호척을 얻을

수 있다.
―요구조건:없음

5. 금
―종류:광물
―산지:로쿨룸 대륙
―설명:특이사항 없음
―요구조건:없음

'4서클 마나의 정수가 나오다니……!'
채빈이 두 눈을 부릅떴다.
이곳은 3서클 수준의 보상이 나와야 할 던전이었다. 그런데 4서클 마나의 정수가 떡하니 보상으로 나온 것이다.
꿩 대신 닭이라고 해야 하는 건지, 아니면 닭 대신 꿩인지. 어느 쪽이든 간에 마냥 좋아할 수만은 없는 채빈이었다.
제멋대로 보상이 변경되는 원인이 무엇인가. 누가 나의 던전 공략에 몰래 개입하고 있는가.
무지에서 오는 두려움이 채빈의 양어깨를 무겁게 했다.
그 이외의 보상들은 위저드 아이 마법서 말고는 특별할 것이 없었다. 확인을 대강 끝낸 채빈은 물품들을 챙겨 들고 일어섰다.

마왕성으로 이어진 마법진에 들어서기 직전.

채빈은 혹시나 하는 마음으로 다시금 던전을 돌아보았다. 역시 아무 것도 남아 있지 않았다.

채빈은 타하디의 시체에 머물러 있던 시선을 거두고 허탈한 심정으로 마법진에 발을 들이밀었다.

슈우우우욱!

"어서 오십시오."

마왕성으로 돌아온 채빈을 드미트리가 맞이했다.

채빈은 멍한 얼굴로 고개를 까닥여 보이고는 드미트리를 지나쳤다.

본성 안뜰에 털썩 주저앉는 채빈을 보고 드미트리가 고개를 갸웃거리며 물었다.

"왜 그러십니까?"

"그냥 좀… 힘들어서요."

"두 정령은 왜 안 보이는지요?"

드미트리가 던전 관리소 쪽을 돌아보며 물었다.

채빈은 뒤로 벌러덩 몸을 드러눕혔다. 꺼지도록 깊은 한숨이 그의 목젖을 뚫고 새어나왔다.

"정령계로 소환됐어요."

"저런, 당했군요."

"그런 거죠."

"그것 참 아쉽습니다."

그렇게 말하는 드미트리의 두 눈빛은 정녕 아쉬움이 역력했다.

두 정령뿐만이 아니라 채빈까지 시원하게 당하고 돌아왔으면 깔끔했을 텐데.

채빈은 그러한 드미트리의 음흉한 속마음은 알지 못하고 말을 이었다.

"이번엔 무슨 일이 있었는지 아세요?"

"글쎄요."

"도서관 던전에서는 보상이 변경돼서 깜짝 놀랐었죠. 이번엔 보스 몬스터가 죽어 있었어요. 저랑 싸우기도 전에 이미 시체가 되어 있었다고요."

"오호······."

드미트리가 짐짓 놀랐다는 듯 입술을 동그랗게 말고 고개를 내저었다.

채빈이 몸을 일으키고 앉아 챙겨온 보상 물품들을 늘어놓으며 말을 계속했다.

"게다가 이번에도 보상은 변경됐어요. 공략 전 설명에 명시돼 있던 슬라빅의 마도서는 한 권도 안 나오고, 이 던전에선 나올 수도 없는 웬 4서클 마나의 정수가 나오네요."

"그거라면 꽤나 좋은 보상 아닙니까?"

채빈이 머리를 박박 긁었다.

"좋죠. 좋기야 하죠. 그런데 형평성에 어긋나잖아요. 마왕성의 규칙에 위배된다고요. 이유를 모르니까 불안해요. 도대체 뭐가 어떻게 되어가는 건지. 혹시 드미트리 씨는 짐작 가는 게 없나요?"

"글쎄요. 일개 집사인 저로서는 그런 부분까지는 전혀."

드미트리의 말투는 짤막하고 정중했지만 채빈은 어쩐지 냉담함을 느꼈다.

이상하게 정이 안 가는 남자다. 채빈은 더 말하길 그만두고 마나의 정수를 꺼내 들었다.

'챙길 것부터 챙겨야지.'

두 정령이 없어서 허전했지만 마냥 기다리고만 있을 수는 없었다.

일단 획득한 보상들을 흡수하고 공방 던전 공략 후로 새로 생겨난 개발항목이 있는지를 확인해야 했다.

채빈은 4서클 마나의 정수를 꼴깍꼴깍 들이마셨다.

"와우……!"

4서클의 풍만한 마나가 온몸에 휘몰아쳤다. 예전에 비해 마나의 양만도 두 배 가까이 불어난 참이었다.

강력해진 마나를 손끝으로 느끼면서 채빈은 보다 수월해

질 앞으로의 전투를 뇌리에 그려보았다. 쾌감으로 가슴이 두근거렸다.

많은 마나를 보유할수록 전투에서 유리하다는 사실을 그간 너무도 뼈저리게 느껴왔다.

뒤이어 떠오른 건 붕어빵 소스였다.

3서클의 마나로 일주일에 최대 50kg의 소스를 만들어 재경에게 납품했다. 그런데 이제는 100kg도 거뜬히 제조해낼 수 있게 되었다.

소스 10kg에 약 130만 원 정도. 그러니 이제 일주일에 1,300만 원의 수입도 우스워진 것이다.

한 달이면 도대체 이게 얼마인가.

'대박이네, 여기에 프라이어 작업장이랑 운디네 방송 수입까지 합하면⋯⋯. 아, 지금 없지.'

두 정령이 정령계로 강제 소환됐다는 사실이 아직도 와 닿지 않는 채빈이었다.

언제쯤 돌아올까. 충격이 크면 그만큼 오래 걸릴 텐데. 채빈은 이런저런 생각을 하며 위저드 아이 마법서를 꺼내 들었다.

"그거 상당히 유용한 마법서군요."

드미트리가 등 뒤로 다가와 슬쩍 말을 붙였다.

"그런가요. 아직은 어디다 쓸지 생각해 보질 않아서."

"전투에 앞서 정찰이나 염탐하기에 위저드 아이만큼 용이한 마법도 없죠."

"그렇겠네요."

"도박에서도 활용도는 엄청납니다. 상대의 패를 제 것처럼 볼 수 있으니까요."

"도박은 안 해요."

"좋아하는 여성을 은밀하게 관찰하는 일도 가능하죠. 옷을 갈아입고 있거나, 혹은 목욕을 하고 있거나 그 어느 때에든 위저드 아이만 있으면 바로 코앞에서 보는 것처럼……."

채빈이 자리를 박차고 벌떡 일어섰다. 안 그래도 머리가 지끈거리는 판국에 전혀 듣고 싶지 않은 얘기들이었다. 드미트리가 움찔거리며 뒤로 한 발 물러섰다.

"그런 것보다 드미트리 씨, 새로 개발 항목 안 나왔나요?"

"아, 네. 물론 나왔습니다. 지금 보시겠습니까?"

"네, 보여주세요."

"가시지요."

드미트리가 앞장섰다.

채빈은 뒤를 따라 마왕성으로 들어서면서 위저드 아이 마법을 습득했다.

축석 상자와 보호석 상자도 모두 던졌다. 이번에는 예전보다 성적이 좋지 않았다. 축석은 네 개, 보호석은 다섯 개가 나왔다.

바닥에 널브러진 축석과 보호석을 줍고 일어서자 눈앞엔 이미 마왕성의 게시판이 가동되고 있었다.

〈마왕성의 게시판〉

2. 개발가능 목록

A. 던전관리소(Lu.3→Lu.4)

—설명:던전관리소가 Lu.4로 개발된다. 모든 무한 던전의 보상이 재진입시기에 맞춰 초기화된다.

—소요시간:40분

—요구조건:390코인

B. 크리쳐 관리실(Lu.1→Lu.2)

—설명:크리쳐 관리실이 Lu.2로 개발된다. 고용할 수 있는 크리쳐의 수가 1마리 늘어난다.

—소요시간:6분

—요구조건:250코인

C. 공작소(Lu.2→Lu.3)

—설명:공작소가 Lu.3로 개발된다. 물품의 감정이 가능해진다.

―소요시간 : 35분
―요구조건 : 325코인

"설명을 드리겠습니다."

게시판의 가장 아래 문단까지 채빈의 눈이 내려갔음을 확인한 드미트리가 입을 열었다.

"무한 던전의 보상이 초기화된다는 것은 전혀 건드리지 않았던 처음의 상태로 되돌아간다는 것을 의미합니다. 독트로스 광산 던전이나 동부 지저성 던전이 있지요. 앞으로는 재진입주기마다 초기화된 두 던전에 들어가 모든 보상을 맘껏 획득하실 수 있습니다."

"아하."

공략하면 할수록 보상이 줄어드는 무한 던전의 단점이 단번에 해결된다는 얘기였다.

이제는 매주 새로운 던전을 공략하듯 풍부한 보상을 얻을 수 있게 되는 것이다.

"나머지 두 항목은 이해하시기 쉬울 겁니다. 크리쳐를 한 마리 더 고용할 수 있게 된다는 점. 그리고 공작소에서는 물품의 감정을 할 수 있게 된다는 점……. 물론 감정쯤이야 이 드미트리의 손을 빌려서도 무방합니다만."

채빈이 고개를 끄덕이며 대답했다.

"모조리 개발시켜 주세요. 다 개발하면 또 무슨 항목이 나올지 모르니까."

"알겠습니다."

"저는 밥 좀 먹고 올게요. 드미트리 씨는 식사하셨어요?"

"냉면이랑 왕만두 먹었습니다."

"이야, 그런 것도 드실 줄 알아요?"

"하하하."

털털하게 흘러나오는 웃음소리와 달리 드미트리의 양쪽 광대는 썩은 미소를 짓고 있었다.

채빈은 돌아서서 마왕성을 빠져나왔다.

층계를 오르면서 그는 개발이 완료된 뒤에 해야 할 일들을 생각했다.

'우선 크리쳐 관리실에서 알 하나 더 뽑고, 새로 나온 크리쳐랑 지금 키우고 있는 예티랑 매주 두 던전에 한 번씩 보내야겠다.'

독트로스 광산과 동부 지저성 던전을 직접 공략하고픈 마음은 더 이상 없었다. 생각만 해도 토가 나올 지경이었다. 이제부터는 두 크리쳐에게 시키고 가져온 보상이나 확인할 작정이었다.

'던전 초기화라니, 수입이 꽤나 늘겠는데.'

최하위 무한 던전이라고는 해도 보상은 무시할 수 없는 수준이었다.

각종 장비 레시피와 1서클 마법서는 물론이고 금덩이도 쏠쏠히 나와 주는 던전 아닌가. 무엇보다 환전소도 개발됐으니 불필요한 물품은 다 거기서 코인으로 환전해 버리면 되는 것이다.

집으로 돌아온 채빈은 밥솥을 열고 대충 상을 차렸다.

운디네의 손길이 닿지 않은 빈약한 상 위에는 반찬이라고는 김과 단무지뿐이었다. 그래도 허기진 상태의 채빈은 달게 밥을 퍼먹기 시작했다.

드르르륵!

방에 놔뒀던 핸드폰이 몸을 떨었다.

재경으로부터의 전화였다. 채빈은 입에 가득 들어찬 밥을 우물거리며 전화를 받았다.

"어, 누나."

─밥 먹어?.

"어."

─같이 먹자고 전화하지.

"누나도 바쁜데 어떻게 그래."

─핑계는……. 내일 영화 볼까?

"내일?"

─응, 내일. 재밌는 거 많이 하더라.

"아, 내일은 어떻게 될지 잘 모르겠는데."

채빈이 난색을 보이자 통화기 저쪽의 재경이 돌연 침묵했다. 숟가락을 내려놓고 채빈이 말을 이었다.

"미안해, 요즘 좀 바쁜 일이 생겨서."

—그러니?

"이해 좀 해줘. 갑자기 이런저런 일이 생겨서 그래. 영화는 다음 주쯤에 보러 가자."

—알았어, 그럼 어쩔 수 없지 뭐. 밥 맛있게 먹어.

"응, 누나도 밥 먹고. 며칠 있다 소스 가져갈게."

전화를 끊은 채빈은 다시 숟가락을 쥐어들었다.

마왕성의 개발 결과만을 생각하면서 밥을 퍼먹는 그는 까마득히 잊고 있었다. 내일이 재경과 만나기로 약속한 날이었다는 사실을.

제2장

호감

이계
마왕성

'뭐야, 정말.'

전화를 끊은 재경은 골이 난 얼굴로 벽에 붙은 달력을 쳐다보았다. 특별히 매직펜으로 동그라미까지 그려둔 날짜가 두 눈 가득 들어왔다.

완전히 잊어버린 게 분명했다. 기억하고 있었다면 사과부터 했을 것이다.

재경은 달력을 잡고 확 뜯어냈다. 화도 났지만 그보다는 섭섭한 마음이 더 컸다.

'그렇게 입이 닳도록 약속을 해놓고는 어쩜.'

반쯤 열린 가게 문틈을 통해 따사로운 햇살이 들어오고 있었다. 반대편 주방 안에서는 오뎅 국물이 보글보글 소리를 내며 끓고 있었다.

재경은 한가운데의 낡은 탁자에 무릎을 세우고 앉아 초등학생들이 그린 벽의 낙서를 무의미하게 바라보았다.

문득 재경은 자괴감이 들었다. 간만의 화창한 날씨에 이 작은 가게에서 하루 종일 장사만 하고 있는 현실이 짜증스럽게 느껴졌다.

매상이라면 오늘도 언제나처럼 좋았다. 오전에 만든 붕어빵은 다 팔렸고 떡볶이와 오뎅도 두 번째 판을 준비하는 중이었으니까.

하지만 돈이 다 뭘까. 월세 걱정 없이 엄마랑 오붓하게 살 수 있는 아담한 집, 그리고 복학에 필요한 학비만 있어도 충분한 것 아닐까.

무슨 부귀영화를 누리겠다고 이 젊은 날을 매일 장사만 하면서 보내고 있는 걸까.

'나도 많이 여유로워졌나봐, 이런 허튼 생각을 다 하고.'

재경은 자기 머리를 가볍게 때리며 자책했다. 개구리 올챙이 시절 기억 못 한다고, 이런 불평을 품는 자체가 사치라는 생각이 들었다.

어쨌거나 빚에 허덕이던 과거에 비하면 지금은 비교도 할 수 없을 만큼의 행복을 누리고 있는 것 아닌가.

"이크!"

부엌에서 오뎅 국물이 끓다 못해 넘치려 하고 있었다. 재경은 급히 달려가 가스 불을 약하게 줄였다.

그때, 문이 천천히 열리며 거구의 한 손님이 가게로 들어섰다.

"어서 오세요. 어? 기광이네?"

"안녕."

정장 차림의 기광이 어색한 웃음을 빼물고 한 손을 들어보였다. 재경은 앞치마에 손을 문질러 닦고 나와 활짝 웃으며 기광을 맞았다.

"이 시간에 어쩐 일이야? 연락도 없이."

"일 끝나고 지나가다가……."

기광은 말끝을 흐렸다. 마땅히 이어나갈 뒷말이 떠오르지 않았다.

곰처럼 하릴없이 두리번거리는 그를 보고 재경이 쿡, 웃음을 터뜨렸다.

"밥은 먹었어? 점심때는 지났지만."

"아직. 일이 이제 끝나서."

"나도 아직 못 먹었는데 같이 뭐 시켜 먹자."

재경이 탁자 위의 신문지를 치우고 중국집 전화번호부를

뒤적였다.
 등 뒤에 멀뚱히 서 있던 기광이 재경의 한쪽 어깨를 손가락으로 살며시 두드렸다.
 "왜?"
 "나가서 먹으면 안 돼?"
 "나가서?"
 "아구찜 맛있게 하는 데 있어."
 "으음……."
 "장사해야 돼서 안 되나?"
 기광이 떠보듯이 넌지시 물었다.
 재경은 미간을 좁히고 서서 골똘히 생각에 잠겼다. 그러다가 시선이 문밖의 햇살로 향한 순간, 그녀는 아까 자신이 하고 있었던 생각을 되새기고 결정을 내렸다.
 "그래, 나가자. 날씨도 좋고."
 "정말 괜찮겠어?"
 "까짓 거 오늘 일찍 문 닫지 뭐. 네가 쏘는 거다?"
 "당연하지. 내가 말했는데."
 재경은 조리중이던 가스 불을 모두 끄고 나와 가게 문을 닫았다.
 문을 잠근 뒤에는 큰 키의 기광이 손쉽게 가게 셔터를 내려 주었다.

"키가 크다는 건 여러모로 좋은 거구나."
"너도 여자치고 작은 편은 아니잖아."
"어쨌든 난 셔터 내리려면 셔터걸이를 꼭 써야 돼. 가자, 어느 쪽이야?"
"차 가져왔어."
기광은 재경을 데리고 근처의 유료주차장으로 향했다. 기광이 주머니에서 키를 꺼내 버튼을 누르자 검은색 중형 승용차 하나가 헤드라이트를 깜박이며 반응했다.
"차 좋다. 네 거니?"
"회사 차야."
"회사?"
재경의 안색이 살며시 어두워졌다. 기광이 어떤 일을 하는지 대강은 알고 있었으니까. 표정을 읽은 기광이 쓴웃음을 지으며 말을 보탰다.
"대포차 같은 건 아니니 걱정 마."
"그, 그런 생각 안 했어."
"농담한 거야. 얼른 타."
"응."
재경이 어색하게 조수석에 올라탔다.
기광이 시동을 걸고 핸들을 잡았다. 차가 주차장을 빠져나가 도로 위로 미끄러지듯 들어섰다.

달리는 차 안에서 재경은 빠르게 지나가는 차창 밖의 풍경을 감상했다. 오랜만의 드라이브여서인지 자꾸만 기분이 들떴다.

"좋다."

"뭐가?"

"드라이브하는 거. 되게 오랜만이거든."

"자주 태워줄게."

"정말? 공짜로?"

"그래."

"신난다. 출세한 친구 덕에 좋은 차로 드라이브도 하고."

재경은 그렇게 말하며 정말로 신이 난 듯 활짝 기지개를 켰다. 기광이 슬쩍 돌아보았다가 그녀와 눈이 마주쳤다.

재경은 웃어보였지만 기광은 급히 헛기침하며 눈앞으로 시선을 되돌렸다.

식당에 도착해 아구찜을 먹으면서 두 사람은 학창 시절의 추억으로 대화를 나눴다.

아니, 나눴다기보다는 재경이 일방적으로 말하고 있는 편에 가까웠다.

기광은 이따금 짤막한 대답만 하면서 대부분 묵묵히 듣고만 있었다.

"아무튼 어릴 때가 좋았지. 아무 걱정도 없었고. 그치?"

"어."

"어른이 되고 나니까 신경 쓸 부분이 너무 많잖아."

"어."

"넌 그거 말고 할 줄 아는 말이 없어? 나 혼자만 계속 말하고 있잖아."

"네 말 듣는 게 좋아서 그래."

"치, 뭐야 그게?"

재경이 뾰로통하게 입술을 내밀며 삐친 척을 했다. 기광은 여전히 말없이 웃고만 있을 뿐이었다.

"맞다. 너 여동생 있었지? 이름이 기율이… 맞지?"

기광이 조금 놀란 듯한 얼굴로 고개를 끄덕였다.

"기억하네."

"종종 같이 놀았으니까. 몇 살이지, 지금?"

"이제 고3이야."

"우아."

재경이 고개를 내저으며 이마를 찌푸렸다. 마치 자신의 고3 시절이 떠오르기라도 했다는 듯이.

"제일 힘들 때네. 네가 잘 챙겨줘야겠다."

"내가 무슨. 기율이가 날 챙겨주는 거지. 집안일은 다 걔가 도맡아서 하니까."

"좋은 동생 뒀네."

호감 63

"…많이 미안해, 내가."

나직이 말하는 기광의 낯 위로 그늘이 졌다. 자세한 사정을 떠나 기광의 그 표정만으로도 재경은 알 수 있었다. 이 우직하고 무뚝뚝한 남자가 자신의 여동생을 얼마나 아끼고 있는지.

식사가 끝나고 둘은 식당을 나섰다. 재경은 배를 어루만지며 눈부신 하늘을 향해 고개를 한껏 치켜들었다.

"아, 배불러. 기분 좋아."

"맛 괜찮았어?"

"응, 엄청."

재경이 두 눈을 동그랗게 뜨고 크게 고개를 끄덕였다.

기광은 물끄러미 재경의 커다란 눈망울을 바라보고 섰다. 그는 오래전의 자신을 떠올리고 있었다. 이렇게 활기찬 재경의 모습에 매료되었던 어린 날의 자신을.

"왜 그렇게 봐? 내 얼굴에 뭐 묻었어?"

"아니."

기광이 황망히 시선을 되돌렸다. 눈앞에 주차시킨 차가 보였다. 불과 열 걸음도 안 되는 거리였다.

차에 오르면 재경을 가게로 데려다줘야 하고 오늘의 만남은 끝이 날 것이다.

기광은 용기를 내서 말을 꺼냈다.

"재경아."

"응?"

"커피 한 잔 안 할래?"

"나 커피 별로 안 좋아하는데."

재경이 뜸도 들이지 않고 즉각 대답했다. 기광은 거절당했다는 생각에 주눅이 들어 쓴웃음을 지으며 입을 다물었다. 그러자 재경이 피식 웃으며 기광의 옆구리를 쳤다.

"맥주 한잔하는 건 좋아."

"그, 그래?"

"너 오늘 엄청 심심했구나? 되게 좋아한다?"

"아무튼 그럼… 갈까."

"근데 너 차는 어떡하고?"

"두고 가면 돼."

"그래, 그럼 가자. 여기 근처 괜찮은 데 찾아볼까."

빙글 돌아선 재경이 대로변을 향해 먼저 발을 내딛었다. 경쾌한 걸음으로 몸을 흔들며 걸어가는 재경의 뒷모습이 기광의 동공 깊숙이 박혔다.

작아지는 재경을 보고 있노라니 기광은 심장이 욱신거렸다.

지금 순간이 아니면 다시는 재경에게 마음을 털어놓을 수가 없을 거라는 생각이 들었다. 그 막연한 두려움 속에서 기광은 재경을 뒤쫓았다. 이것 말고는 그 어떤 방법도 떠오르는 게 없었다.

"재경아."

기광이 등 뒤에서 재경의 팔목을 붙잡았.

두툼한 손아귀에 팔을 내맡긴 채 재경이 의아한 얼굴로 돌아보았다.

"할 얘기가 있어."

"뭔데?"

"술 마시기 전에 멀쩡한 정신으로 얘기하고 싶다."

"무섭게 왜 그래? 말해봐."

정적 속에서 몇 대인가의 차가 경적을 울리며 두 사람을 지나쳐 갔다. 드넓은 가슴이 한껏 부풀도록 심호흡을 한 끝에, 기광은 고개를 푹 숙이며 토해내듯 말했다.

"좋아한다."

"어?"

"나는 안 되겠냐?"

"농담… 하는 거지, 지금?"

"나 농담할 줄 몰라. 알잖아."

재경이 아주 천천히 두 눈을 치켜떴다. 꾹 다문 입술에서 시작된 떨림이 점차 거세지고 있었다. 기광은 여전히 재경의 가느다란 손목을 한사코 붙잡은 채 놓지 않고 있었다.

"미안……."

재경이 상기된 얼굴로 입을 열었다.

"갑자기 그런 말을 하니까 뭐라고 대답해야 할지 모르겠다. 난 항상 널 좋은 친구라고만 생각했고, 그러니까… 좀 당황스럽다."

"달리 자연스럽게 표현할 방법을 못 찾아서."

"……."

대화가 끊겼다. 재경은 모로 비켜서서 말이 없었고, 기광은 벌을 받는 학생처럼 그녀 앞에 고개를 숙이고 서 있었다. 자동차와 행인들의 소음이 그 침묵의 어색함을 그나마 덜어주고 있었다.

"아무래도 맥주는 다음에 마시는 게 좋겠지?"

한참 만에 기광이 침묵을 깨고 물었다.

재경이 고개를 들기를 기다렸다가 그는 말을 이었다.

"바로 대답하지 않아도 되니까 하루 생각해 보고 말해줘. 내가 내일 가게로 찾아갈 테니까."

"기, 기광아."

"가자. 가게까지 데려다줄게."

기광이 차키를 꺼내며 돌아섰다.

재경의 두 눈이 기광의 넓은 등 한가운데로 꽂혔다. 그런데 엉뚱하게도 거기에서 보이는 건 채빈의 얼굴이었다. 화창한 햇볕 아래서 재경은 현기증을 느끼고 잠시 비틀거렸다.

그와 같은 시각.
식사를 마친 채빈은 마왕성으로 돌아와 개발 결과를 확인하고 있었다.
던전관리소, 크리쳐 관리실, 그리고 공작소까지 모두 확실히 개발되어 있었다.
"크리쳐부터 하나 더 뽑아야지."
Lv.2가 되었으니 한 마리를 더 고용할 수 있다. 채빈은 계획대로 걸음을 옮겨 크리쳐 관리실로 향했다. 문을 열자 거구의 하얀 털북숭이 예티가 반갑게 양팔을 뒤흔들며 뛰어들었다.
"우와아악! 언제 이렇게 컸대?!"
"끼이이이! 끼이이익!"
"알았어! 알았으니까 껴안지 마! 깔려 죽겠다!"
채빈은 자신을 부둥켜안는 예티를 힘겹게 밀어내며 크리쳐 관리실 안으로 들어섰다. 드미트리가 뒤따라 들어오며 말을 붙였다.
"예티는 지금 Lv.3입니다. 그간 꾸준히 성장했지요."
"아, 그래요?"
채빈이 예티의 우악스런 얼굴을 어루만지며 기뻐했다. 예티는 기분이 좋은 듯이 두 눈을 가늘게 뜨고 채빈에게로 몸을 무너뜨렸다.

"독트로스 광산이나 동부 지저성 던전은 바로 투입시켜도 무리가 없을 겁니다."

"잘 컸네요. 예티야, 잠깐만 기다려 봐. 내가 너 친구 만들어줄게."

"우끼끼?"

예티는 좀처럼 떨어질 기미가 없었다. 채빈은 예티를 업다시피 한 자세로 몸을 이끌어 거대 알 자판기로 다가갔다. 투입구에 100코인을 밀어 넣고 '알' 레버를 당기자 덜컹, 소리와 함께 배출구에서 알 하나가 굴러 나왔다.

"이번엔 뭐가 나오려나."

채빈은 기대감 반 불안감 반으로 알을 두 손에 쥐고 마나를 흘려 넣었다.

균열이 일어나 잔가지처럼 퍼져 나가면서 작은 발이 껍질을 뚫고 쑥 튀어나왔다.

"사자?"

작았지만 맹수의 발이었다. 채빈은 알이 수월하게 깨지도록 손가락으로 표면을 톡톡 두드렸다. 이윽고 알이 완전히 깨지자 크리쳐는 완연히 그 모습을 드러냈다.

"그리핀이네요."

지켜보고 있던 드미트리가 설명했다.

그리핀이라는 이름의 이 크리쳐는 예티만큼이나 독특하기 그지없는 외모를 갖고 있었다.

네 발을 포함한 동체는 사자인데 머리는 독수리였다. 등에는 독수리의 두 날개도 달려 있었다. 그리핀은 채빈의 두 손아귀 위에서 젖은 몸을 뒤틀며 신음하고 있었다.

"이 녀석은 3등급입니다. 예티보다 높죠."

"그러면 더 좋은 거죠?"

"네, 다만 순종도가 낮은 편이라서……. 성장시키기에 조금 까다로운 부분이 있을 겁니다. 일단 감정해 드리겠습니다."

드미트리가 그리핀을 넘겨받았다. 솟구친 빛 속으로 생겨난 말풍선에 감정 결과가 나타났다.

〈그리핀(Lv.1)

종류:크리쳐	등급:3등급
공격력:B+	방어력:B
기동력:A	순종도:리
특화능력:(기본)	

확실히 평균적으로 예티에 비해 능력치가 좋았다. 순종도

가 낮은 점이 조금 마음에 걸리긴 했지만, 어쨌든 잘 뽑았다는 생각에 채빈은 기분이 좋았다.

드미트리가 바닥에 그리핀을 내려놓자 예티가 당장에 관심을 갖고 다가왔다.

그러나 그리핀은 예티의 애정 어린 손길을 피해 날개를 펄럭여 방 한쪽으로 휑하니 날아가 버렸다.

예티는 마치 나비를 쫓는 아이처럼 그리핀을 따라 방을 이리저리 뛰어다녔다.

"예티만큼 빨리 성장하진 못할 겁니다. 일단 저 녀석은 사료부터 제대로 안 먹어요. 확실히 길들이지 않으면 말도 잘 안 듣는 녀석입니다."

"으음……. 그거 문제네요."

"그래도 능력치 하나는 확실히 보장된 크리쳐입니다. 장점이 있으면 단점도 있는 것이지요. 일단 Lv.3까지 성심껏 성장시켜 보겠습니다."

"부탁드려요."

어울려 노는 두 크리쳐를 뒤로하고 채빈은 돌아섰다. 우선 크리쳐 관리실의 업무는 일단락된 셈이었다.

이제 남은 일은 무엇일까. 그것을 생각하자 바로 새로운 질문거리가 떠올랐다.

"드미트리 씨, 새로 개발항목 생긴 거 없어요?"

"물론 있지요. 마왕성을 Lv.6으로 개발시킬 수 있게 됐습니다."

"오오, 그럼 지금 당장 개발할게요."

드미트리가 돋보기안경을 닦으며 난색을 표했다.

"지금 당장은 좀 어렵겠습니다."

"네? 왜요?"

"코인이 부족하거든요. Lv.6 마왕성 개발에 드는 코인은 적은 양이 아닙니다."

"아아……."

듣고 보니 그랬다. 마왕성을 Lv.5로 개발할 때에도 1,830코인이나 들었었다. 최소한 그 두 배는 될 것이다.

"많이 부족하진 않습니다. 1,000코인 정도? 한동안 무한 던전을 공략하시면서 코인을 비축하셔야 할 것 같습니다. 전리품도 구하는 대로 환전하시고."

"그래야겠네요. 하긴, 그동안 강화나 합성에 은근히 코인을 많이 썼어요."

당장 할 만한 일이 없다는 걸 깨닫자 불현듯 채빈은 피곤해졌다.

프라이어와 운디네도 돌아오지 않았고, 그리핀도 성장하려면 아직 시간이 필요했다.

빈 시간을 무엇으로 활용할까 고민하다 보니 붕어빵 소스가 뇌리에 떠올랐다.

'그래, 4서클로 한 번에 얼마나 만들 수 있는지 시험 좀 해 봐야지.'

채빈은 드미트리와 인사하고 마왕성을 벗어나 집으로 돌아왔다. 그리고 즉시 소스 제조 작업을 시작했다. 예상대로 기존보다 거의 두 배 이상의 양이 만들어졌다.

"이게 소스냐, 금을 녹인 물이냐. 너보다 비싼 액체는 세상에 없을 거다."

채빈은 김치통의 뚜껑을 열고 제조한 소스를 옮겨 담았다. 4서클의 마법력을 갖춘 덕분에 한 번 만든 것뿐인데도 양이 꽤나 많았다. 시간이 있을 때 재경에게 얼굴도 비출 겸 일단 이 소스라도 가져다주는 편이 좋을 듯했다.

부르릉!

채빈과 소스를 실은 스쿠터가 재경의 가게를 향해 힘차게 내달리기 시작했다.

지금 재경이 누구와 함께 있는지는 전혀 생각지도 못한 채로, 채빈은 그저 역풍에 몸을 움츠리기 바빴다.

"고마워. 밥도 맛있는 거 사주고 이렇게 데려다줘서."

가게 앞에 도착해 멈춘 자동차 안.

조수석의 재경은 한 손을 문에 얹은 채 기광에게 작별인사를 건네고 있었다.

"그럼 조심해서 들어가."

재경이 문을 열고 차에서 내려섰다. 기광도 따라서 차에서 내렸다. 차 너머로 보이는 재경을 향해 그가 말했다.

"노력할게."

"어?"

재경이 발을 멈추고 돌아섰다.

"잘할 수 있도록 노력할게."

"또 무슨 말이야, 그게……."

"미안하다. 불안해서 그래. 대답을 기다리겠다고는 했는데 네가 거절할까봐. 아예 나를 안 보려고 할까봐."

"……"

"나 나름 열심히 살아왔고 지금도 열심히 살아. 머리에 든 건 별로 없지만 세상 살아가는 법은 어련히 터득했다. 네가 나한테 기회를 한 번 줬으면 좋겠다. 진심이야, 진심이라고."

기광은 강조하듯 진심이란 단어를 반복해 말했다.

재경은 뚫어져라 자신을 바라보는 기광의 시선이 부담스러워 옆으로 고개를 살짝 돌렸다.

가게의 단골손님인 초연과 여민이 태권도복을 입고 가게 쪽으로 걸어오고 있었다.

눈이 마주치자 재경이 난처하다는 표정을 몰래 지어 보였다.

초연은 냉큼 분위기를 파악하고는 여민의 손을 잡고 가게로 오던 발걸음을 다른 쪽으로 틀었다.

"이만 갈게. 내일 보자."

재경의 부담스러운 기색을 느낀 기광이 운전석에 올라탔다.

천천히 골목을 빠져나가는 그의 차를 재경은 애매한 눈빛으로 전송하고 있었다.

차가 골목을 빠져나와 대로로 진입하기 직전이었다.

끼이익!

웬 스쿠터 하나가 달려와 기광의 차 앞에 섰다. 기광은 처음엔 운전미숙이겠거니 하고 대수롭지 않게 넘기려 했다.

그런데 시간이 지나도 상대는 비킬 생각도 없이 차 앞에 떡하니 버티고 있는 것이었다.

"뭐요?"

기광이 창문을 내리고 얼굴을 내밀며 물었다.

스쿠터의 운전자가 머리에 쓰고 있던 헬멧을 벗었다. 상대의 얼굴을 확인한 기광이 두 눈을 가늘게 떴다.

"저 아시죠?"

그렇게 묻는 상대는 채빈이었다.

채빈의 물음에 기광은 대답하지 않았다. 그러거나 말거나 채빈은 턱짓으로 한 방향을 가리키며 말을 이었다.

"저하고 이야기 좀 하시죠."

기광의 얼굴이 일그러졌다. 한편으로는 금세 이 상황이 파악됐다.

같은 남자로서 이 애송이가 왜 자신에게 접근해 왔는지를 어렴풋이 깨달을 수 있었다.

채빈이 먼저 구석에 스쿠터를 세우고는 내려섰다. 기광은 지그시 채빈을 노려보다가 이내 옆의 주차장 쪽으로 핸들을 꺾었다.

한낮의 영세한 주차장은 한산했다. 컨테이너 건물 안에서 관리인이 따분한 표정으로 TV를 보고 있었다.

기광이 차 뒤에 비스듬히 서서 담배를 꺼내 물었다. 채빈은 세 걸음쯤 떨어진 옆에 쪼그려 앉아 낡은 담벼락을 올려다보고 있었다.

"용건이 뭐야?"

"재경 누나 일 때문인데요."

담에 그려진 낙서를 따라 눈동자를 굴리며 채빈이 대답했다. 기광의 입에서 작은 실소가 터졌다.

"재경 누나 좋아해요?"

채빈이 연거푸 직구를 던졌다.

사실 채빈 스스로도 느낄 수 있을 만큼 지금 그는 충동적이었다. 그러나 충동적인 만큼 머리로는 이 행위를 납득하고 있기도 했다.
기광이 재경에게 살갑게 구는 모습을 채빈은 도저히 두고 볼 수가 없었던 것이다.
"그런 질문에 나더러 대답하라고?"
"네."
"혹시 네가 재경이를?"
"질문은 제가 했습니다."
"이 새끼가……."
기광이 피우던 담배를 내던지고 채빈 쪽으로 돌아섰다. 노기를 띤 두 눈이 채빈을 잡아먹어 버릴 듯이 불타오르고 있었다.
하지만 채빈은 주눅이 들기는커녕 그 시선에 당당히 맞서며 다리를 펴고 일어섰다.
"부탁드리는 건데 재경 누나 만나지 마요."
"지금 네 태도가 부탁이냐?"
"그럼 경고로 받아들이시던가."
"이 새끼가 진짜 돼지고 싶어서 환장했냐?"
채빈이 고개를 옆으로 돌리고 헛웃음을 터뜨렸다.
"당신네들은 화법이 어떻게 다 똑같지."
기광이 한쪽 눈두덩을 꿈틀거렸다.

"당신네들이라니?"

"깡패요. 당신 깡패잖아."

채빈의 그 말은 기광의 성질을 자극시키기에 충분했다. 그런데 그것만으로도 모자라 채빈은 기광의 얼굴에 대고 아예 삿대질까지 해대며 말을 잇고 있었다.

"겉만 번지르르한 대부업체 직원이지. 돈 안 주면 사람 패고, 납치해서 협박하고, 그게 깡패 아니면 뭔데?"

"좆만 한 새끼가 아가리 털지 마. 돈을 빌리고도 안 갚는 게 나쁜 거다."

"누가 뭐래? 근데 당신이 더 악질이라고, 훨씬 더."

"아가리 털지 말라고 했지!"

부우웅!

참다못한 기광이 솥뚜껑 주먹을 날렸다.

주먹이 면전으로 치닫는 상황에서도 채빈은 속으로 웃고 있었다.

이렇게 느릴 수가. 채빈은 가볍게 허리를 비틀며 기광의 주먹을 흘려보냈다.

"감히 피해?"

"감히? 네 자신이 얼마나 대단하다고 생각하길래 그런 오글거리는 표현을 쓸 수 있는 거냐?"

채빈이 관자놀이에 원을 그려 가며 돌았냐는 시늉을 해보였다.

계속되는 모욕에 기광은 이성을 잃어가고 있었다.

"너 이 새끼……. 진짜 죽는 수가 있다."

"할 수 있으면 해봐, 이 깡패새끼야."

"이야아아아!"

기광이 그 거대한 체구를 던져왔다.

거대한 그림자에 전신이 뒤덮이면서도 채빈은 아무 느낌이 없었다.

이제 기광은 자신의 상대가 못 된다는 걸 스스로가 가장 잘 알고 있었다.

공구상가에서 시그너스 아머를 입은 채로도 고전했던 건 오래전 얘기였다.

'그래도 내공은 적당히 써야지.'

채빈은 달려드는 기광에 맞춰 살며시 뒤로 물러섰다.

기광이 재차 주먹을 뻗었다. 채빈은 이번에도 간단하게 주먹을 옆으로 피하면서 동시에 다리에 내공을 실어 로우킥을 날렸다.

빠아악!

기광의 오른쪽 다리 대퇴부에 로우킥이 직격으로 들어갔다.

채빈의 얼굴에 '아차' 하는 표정이 스쳐갔다. 나름 내공을 조절한다고 한 건데도 너무 강하게 쳐버린 느낌이 들어서였다.

"발차기가 제법인데."

기광이 우뚝 서서 상기된 얼굴로 말했다.

채빈은 아직 여유로운 기광의 얼굴을 가만히 응시하고 있었다. 기광이 비웃듯이 입술을 이죽거렸다.

"근데 힘이 없어."

"그래? 발차기를 따로 배워본 적이 없어서."

"다시 들어와 봐."

기광이 손가락을 까딱이며 채빈을 도발했다. 채빈은 하품을 하며 고개를 가로저었다.

애당초 이렇게 주먹다짐을 하고픈 마음은 결코 아니었다. 주먹을 쥐는 대신, 채빈은 본연의 목적을 상기시키고 기광에게 말을 뱉었다.

"재경 누나는 나도 가족처럼 좋아하는 사람이야."

"맞짱 까다 말고 뭔 개소리를 털어?"

"재경 누나한테 가까이 가지 마. 가까이 지내고 싶으면 직업을 바꾸던가."

"뭐가 어째?"

"깡패 짓일랑 그만두고 당당해지라고. 그담에 재경 누나한테 접근하는 건 나도 아무 상관없으니까. 알았어?"

말을 마친 채빈은 기광을 등지고 잰걸음으로 주차장을 나섰다. 멀어지는 그의 등 뒤에 대고 기광이 소리쳤다.

"이 새끼야, 거기 안 서!"

"꼬우면 니가 쫓아와."

"야 이 새끼야! 당장 이리 와! 진짜 죽여 버린다! 야!"

기광의 고함은 텅 빈 하늘 한가운데에서 공허하게 울렸다.

이윽고 채빈이 골목 너머로 사라졌다. 잠시 후 스쿠터의 시동 소리가 기광의 귓가로 아스라이 전해져 왔다.

그제야 기광의 얼굴이 고통으로 구겨지면서 한쪽 다리가 풀썩 꺾였다.

'끄으으……! 정강이에 쇠붙이라도 붙였나!'

기광은 한쪽 손으로 차를 짚고 허리를 깊이 숙인 채 바닥을 향해 거친 숨을 몰아쉬었다.

태어나서 맞아본 것 중 가장 강한 킥이었다. 채빈의 앞에서 넘어지지 않은 건 그의 마지막 자존심과 그에 못지않은 오기 덕택이었다.

─깡패 짓일랑 그만두고 당당해지라고.

정신마저 혼미해지는 통증 속에서도 채빈이 남긴 한마디가 기광의 귓가를 맴돌고 있었다.

기광은 오래도록 차 앞에 그대로 기대 선 채로 움직이지 않았다. 아니, 움직일 수가 없었다.

호감 81

채빈과의 불쾌한 이 만남은 기광의 가슴에 뼈저린 증오를 남겼다.

저녁에 집으로 돌아와서는 식사도 거르고 입을 다문 채 방안에 틀어박혔다.

"오빠, 무슨 일 있었어?"

여동생 기율이 방문을 열고 근심스럽게 물었다.

기광은 묵묵부답이었다. 머리 위까지 이불을 끌어올린 채 귀찮다는 듯이 손짓만 해보였다.

"쉬고 싶어."

"…알았어. 내일 얘기하자. 힘든 일 있었던 것 같은데 푹 쉬어, 오빠."

기율이 불을 끄고 문을 닫았다.

칠흑 같은 어둠 속에서 기광은 잠을 이루지 못하고 뒤척이다 뜬눈으로 밤을 샜다.

새벽녘에 잠깐 선잠이 들었을 때에는 지금까지 자신이 때렸던 사람들의 꿈을 꿨다. 모두가 상처투성이의 얼굴로 원망스럽게 기광을 노려보고 있었다.

아침이 되었어도 기광은 입을 열지 않았다. 기율과 두 남동생이 내내 걱정스럽게 그의 기색을 살피고 있었다.

그러나 기광은 결국 아침 식사도 생략하고 도망치듯 집을 나섰다. 이 불쾌한 감각을 가진 채로 동생들의 얼굴을 보고 싶지 않았다.

"기광이 형, 다리 왜 그러세요? 다치셨어요?"

차에 앉아 기다리고 있던 성제가 절뚝이며 걸어오는 기광을 보고 놀라서 내려섰다. 기광은 성제의 질문을 무시하고 조수석에 올라타서는 담배를 빼 물었다.

"어디부터야?"

성제는 기광의 기분이 바닥이라는 걸 그간의 오랜 경험으로 금세 눈치챘다.

그는 재빨리 운전석에 올라 가방에서 꺼낸 장부를 펼치며 대답했다.

"김성일이요. 오늘은 이놈 얼굴만 보면 됩니다. 장소도 가까우니 편하죠. 게다가 오늘은 날씨도 좋네요."

기광의 기분이 좋지 않은 만큼 성제의 말은 평소보다 길었다.

기광은 여전히 말이 없었다. 성제는 무안함 반 두려움 반의 시선으로 기광의 눈치를 살피며 시동을 걸었다.

차는 한동안 달려 주택가의 한 주차장에 멈춰 섰다.

차에서 내린 기광은 의아한 시선으로 주위를 둘러보았다. 자신이 살고 있는 집에서 멀지 않은 곳이었다. 사거리로 나가서 횡단보도만 건너면 될 만큼 가까운 거리였다.

"여기야?"

"네. 저기 끝에 주황색 빌라 보이시죠? 저깁니다."

성제가 장부의 주소와 주위를 번갈아 확인하며 대답했다.

기광은 어쩐지 꺼림칙한 기분이 들었다. 이렇게 집에서 가까운 곳으로 독촉을 간 적은 이제껏 없었다.

실체를 알 수 없는 막연하고도 불길한 느낌이 보이지 않는 장막으로 눈앞을 가로막고 있었다.

기광이 담배를 꺼내 불을 붙였다. 성제는 당연히 의구심이 들 수밖에 없었다.

일을 앞두고 갈등하는 기색이 역력한 기광을 보는 건 처음이었다. 대체 무슨 일이 있었던 거냐고 묻고 싶었지만, 성제는 꾹 참고 끈기있게 기다렸다.

두 개비의 담배가 필터까지 타들어갔다. 그제야 기광은 꽁초를 내던지며 내키지 않는 첫발을 내딛었다.

"몇 층이야?"

"지하요. 먼저 제가 들어가 보겠습니다."

기광을 입구 앞에 놔두고 성제가 안으로 먼저 들어섰다. 계단을 밟고 어둔 지하로 내려간 그는 'B01호' 라는 호수를 확인하고 초인종을 눌렀다. 고장이 나버린 건지 소리가 나지 않았다.

"이보세요, 김성일 씨! 김성일 씨!"

성제가 문을 두드리며 연거푸 소리쳤다. 그러나 돌아오는 반응은 전혀 없었다.

성제는 문틈에 대고 귀를 대보았다. 쥐죽은 듯한 고요함 속에서, TV를 끄는 소리가 아주 희미하게 성제의 고막을 자극했다.

"에이 씨발! 오늘도 공쳤네. 아무도 없네! 야, 차에 시동 걸어! 독촉장 붙이고 다음 갈 데로 가야겠어! 오늘 반 토막이라도 회수해야 돼!"

성제가 짐짓 소리쳐 말하며 층계를 밟고 위로 올라갔다.

몇 분 후, 삼중으로 걸려 있던 B01호의 문이 작은 쇳소리와 함께 살며시 열렸다.

좁은 문틈을 통해 뻗어 나온 손은 붙어 있을 경고장을 찾아 문 앞을 더듬거리고 있었다.

바로 그때였다.

1층의 층계 뒤에서 숨을 죽인 채 대기하고 있던 성제가 나타난 것은.

"굿모닝, 김성일 씨."

"히익!"

문이 도로 닫히는 속도보다 악마처럼 히죽거리며 한달음에 뛰어드는 성제가 훨씬 빨랐다.

성제는 문이 닫지 못하도록 발을 재빨리 몸을 밀어 넣었다.

"으으으……!"

늘어진 셔츠에 낡은 트레이닝 복을 입은 삼십대의 비루한 남자가 원룸 한가운데 엉덩방아를 찧은 채 떨고 있었다. 성제는 거리낌도 없이 구둣발로 방 안에 들어섰다. 그의 고객 분류법에 따르면 눈앞의 이 어수룩한 남자는 린치를 가해도 탈이 없을 고객이었다.

"전화도 안 받고 말이야. 힘들게 왔더니 이젠 또 집에 있으면서 없는 척을 하고 그러네?"

"으으으……! 다, 다음 주에는 갚으려고 했어요!"

"그럼 성의를 보여야지. 왜 사람을 피곤하게 만들어?"

성제의 등 뒤로 문이 열리며 기광까지 집 안으로 들어왔다. 머리가 천장에 닿을 듯한 거구를 가진 기광은 그 모습만으로도 남자를 위축되게 만들었다.

"돈 내놔. 458만 원. 2,100원은 빼줄게."

"진짜로… 진짜 다음 주면 갚을 수 있어요."

"네가 다음 주라고 말한 게 벌써 열 번이 넘어. 알아?"

성제가 장부 모서리로 남자의 머리 이쪽저쪽을 때리며 말했다. 남자는 위아래 이가 맞부딪치도록 벌벌 떨면서 맞다가도, 모욕감을 느꼈는지 뒤로 피하며 언성을 높였다.

"정말 다음 주면 갚을 수 있어요! 돈 들어올 데가 있으니까

딱 일주일만 더 기다려 주세요!"

"못 기다려, 지금 갚아. 너 카드 있지? 카드라도 긁어."

"카드 다 정지됐어요!"

"아, 좆 까는 소리 말고 빨리 옷 입어. 나가게."

성제는 귀찮다는 얼굴로 더 듣기도 싫다는 듯 손을 내저었다. 남자가 고개를 푹 떨어뜨렸다. 잔뜩 때가 낀 낡은 장판을 내려다보고 있던 그의 두 눈에 눈물이 그렁그렁 고이고 있었다.

"다음 주면 갚겠다고 하잖아……"

양어깨가 들썩이도록 크게 숨을 몰아쉬며 남자가 중얼거렸다. 성제가 한쪽 귀를 가까이 하며 되물었다.

"뭐래? 안 들려."

"다음 주면… 다음 주면 갚겠다고 하잖아!"

"아씨, 깜짝이야!"

갑작스런 고함에 성제가 뒤로 움찔 물러났다. 기광은 피곤한 표정으로 현관의 벽에 등을 기대고 서 있었다. 남자는 고개를 바닥으로 내리깐 채 한 번 터진 울분을 쉽게 멈추지 않았다.

"씨발, 왜 사람 말을 안 믿어! 진짜로 지금은 땡전 한 푼 없는데 뭘 어쩌라고! 어디 가서 돈을 훔쳐 오기라도 하라는 거야?! 돈이 없단 말이야, 돈이!"

"알았어, 알았어. 성일 씨, 일단 목소리 좀 낮춰 봐."

"손 치워! 이 깡패새끼들아!"

남자가 소리치며 성제의 팔을 뿌리쳤다.

바로 그 순간.

지금까지 비교적 평정을 유지하고 있던 기광이 성난 얼굴로 남자를 돌아보았다. 잠시나마 잊고 있었던 불쾌함이 파도처럼 들이닥치고 있었다.

"뭐라고 했지?"

기광이 그렇게 물으며 남자에게 다가섰다. 남자는 될 대로 되란 심정이 되어 기광을 올려다보며 악다구니를 토해냈다.

"손 치우라고 했다! 이 깡패새……!"

빠아아아악!

"캬아아아악!"

얼굴을 걷어차인 남자가 팽이처럼 핑그르르 돌며 나동그라졌다.

기광은 쓰러진 남자의 멱살을 잡아 머리 위까지 끌어올렸다.

남자는 숨이 막혀 고통스런 얼굴로 허공에 대롱대롱 매달려 있었다.

"기광이 형, 참으세요!"

성제의 만류도 지금 기광의 귀에는 전혀 들려오지 않았다.

어제 채빈을 때리지 못한 그의 주먹이 남자의 얼굴로 날아들었다.

이 한 방의 주먹이 큰 화를 불러오게 되리라는 사실을 이때까지만 해도 기광은 전혀 알지 못했다.

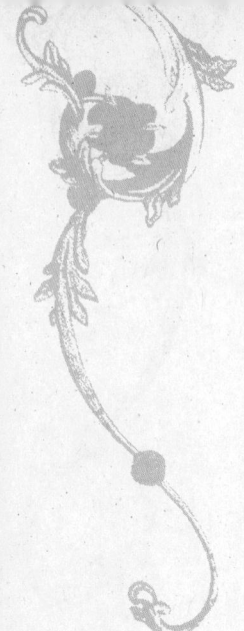

이계
마왕성

"다녀왔습니다, 실장님."
"어떻게 됐어?"
"이따 퇴근하는 길에 다시 들를 겁니다. 워낙 배짱도 없는 놈이긴 한데 그래도 허튼짓 할 일 없게 못 박아야지요."
"괜찮아?"
"네, 크게 다치지는 않았어요."
"그 새끼 말고 기광이."
"아, 형은 실장님 말씀대로 집까지 데려다주고 왔습니다. 들어가는 거 확인하고 온 겁니다."

"으음."

병욱이 안경을 벗고 양 관자놀이를 꾹꾹 눌렀다.

처음에 성제의 전화를 받았을 땐 자신의 귀를 의심했었다. 말로 을러대는 단순 협박을 했다면 몰라도, 기광이 채무자에게 손찌검을 하다니.

말리지 않았으면 정말로 채무자를 죽일 듯했다는 성제의 보고가 도저히 믿겨지지 않는 것이었다.

병욱이 말했다.

"기광이 쉬게 놔둬. 수금 데리고 가지 마. 내달 초까지는 너랑 민욱이가 수고해야겠다."

"네, 실장님."

병욱이 허리를 굽히고 책상 밑의 철제 금고로 손을 뻗었다.

잠금장치가 해제되고 열린 금고 내부에는 빳빳한 지폐다발이 틈도 없이 수북하게 쌓여 있었다.

병욱은 거기서 5만 원 권 지폐 스무 장을 꺼내 툭툭 쳐 모으고는 성제에게 건네주며 말했다.

"오늘 저녁에라도 기광이 갖다 줘."

"네, 실장님."

"그리고 한 일주일 푹 쉬라고 해."

"알겠습니다."

병욱이 고개를 돌려 벽시계를 쓱 살폈다.

"그 새끼한테 들른다면서."
"그래야겠죠."
"원금만 받아. 치료비로 퉁 칠 겸 깔끔하게 끝내."
"알겠습니다."
"지금 퇴근해도 좋아."
"네, 네. 그럼 내일 뵙겠습니다, 실장님."
성제는 공손히 인사하고 돌아서서 사무실을 나섰다.
혼자 남은 병욱은 두 손을 모아 턱을 괴고 골똘히 생각에 잠겼다.
기광에게 무슨 일이 있었던 것일까.
어떤 일로 심경에 변화가 온 것일까.
그간 내색하진 않았지만 병욱은 평소 기광의 기분이나 상태에 꽤나 신경을 쓰는 편이었다. 특히 골프채로 두들겨 팼던 날 이후부터는 더더욱 그렇게 됐다.
기광은 워너머니의 핵이었다.
존재 자체만으로도 직원들 사이에 고무적인 분위기를 형성시키는 박력이 있었다.
그런 부수적인 요인을 제외하고라도 일단 기광은 가장 유능했다. 워너머니의 수장인 병욱이 누구보다 인정하는 사실이었다.
기광이 흔들리면 회사와 사업 양쪽 모두 지장이 생길 수밖에 없었다.

'혹시 그 계집 문젠가?'

무의식중에 병욱은 재경이란 여자를 뇌리에 그리고 있었다.

그녀에게 붕어빵 소스를 강탈하려다가 기광의 부탁으로 마음을 돌렸었던 일이 새록새록 떠오르고 있었다.

'에이, 그건 아니겠지.'

병욱은 이내 자신의 생각을 부정하듯 고개를 내저었다.

침착하고 우직하기 이를 데 없는 기광이었다. 여자 문제로 채무자 앞에서 이성을 잃을 만큼 줏대없는 사내라고는 생각되지 않았다.

'살다 보면 자기 기분 어쩌지 못할 때도 있는 거지.'

결론을 얻지 못한 병욱은 그렇게 자신의 찜찜한 기분을 정리했다.

문득 창밖을 보니 당장 비라도 쏟아질 것처럼 세상이 흐려 있었다. 그는 의자를 밀고 일어나 옷걸이에 걸어둔 슈트를 챙겼다.

'이런 날 한 잔 빨면 딱인데.'

바로 생각나는 술상대가 또 기광이었다. 기광은 술도 셌거니와 병욱이 술자리에서 허심탄회하게 늘어놓는 한탄을 잘도 들어주곤 했다. 기광과 술을 마시면 항상 뒤끝이 좋았다.

그러나 결국 병욱은 꺼내 들었던 핸드폰을 도로 주머니에 넣었다. 오늘은 기광을 혼자 있게 해주는 편이 낫겠다는 생각이 들었다.

퇴근 준비를 서두르는 그의 등 뒤에서 창문을 때리는 빗발이 빠르게 굵어지고 있었다.

그와 같은 시각.

성제는 채무자 김성일의 집 문을 두드리고 있었다.

"김성일 씨, 문 열어봐."

덜컥.

아까와 다르게 이번엔 금세 문이 열렸다.

문틈 너머로 기광에게 맞아 엉망이 된 성일의 얼굴이 보였다. 심하게 부어오른 한쪽 눈과 코가 아예 경계를 잃고 하나로 이어져 있었다.

"저녁 안 먹었지?"

성일은 고개를 무너뜨린 채 대답이 없었다.

성제는 짜증스런 눈길을 반지하의 창 쪽으로 돌렸다. 아스팔트 지면 위로 장대비가 쏟아지고 있었다.

"비도 엄청 오는데 시켜 먹지. 뭐 좀 시켜."

"……."

"말 좀 해. 내가 살 테니까 아무 거나 시켜봐. 날도 꿀꿀한데 해물탕 같은 것도 괜찮겠네. 어?"

성제가 연거푸 채근하자 성일은 그제야 냉장고 쪽으로 돌아섰다. 그는 한동안 배달음식 책자를 훑어보더니 주눅 든 얼굴로 성제를 돌아보았다.

"해물탕… 시켜요?"

"어, 성일 씨 좋은 걸로 시켜."

그러나 성일은 책자를 든 채 엉거주춤 서 있을 뿐이었다.

"왜 가만히 서 있어? 시키라니까?"

"그게……."

"뭐라고? 크게 말해, 안 들려."

"폰이 발신정지라서……."

성일이 거의 들리지도 않는 목소리로 중얼거렸다. 성제는 혀를 차려던 입을 앙다물었다. 지지리도 못난 놈이라는 소리가 닫힌 입안에서만 맴돌았다.

"이리 줘봐."

성제는 성일의 손에서 책자를 넘겨받고 자신의 핸드폰을 꺼냈다.

"여보세요. 해물탕 중자하고 밥 두 개요. 버너? 아, 버너 필요해요. 소주도 한 병 주세요. 어이, 주소 불러줘."

성제는 성일에게 폰을 넘겨주고 담배를 꺼내 물었다. 아까 처음 왔을 때는 몰랐는데 퀴퀴한 냄새가 심해서 담배라도 피우지 않고는 구역질이 날 것 같았다.

얼마 후 주문한 음식이 배달되었다.

성일이 신문지를 깔고 해물탕과 반찬들을 늘어놓았다.

성제는 숟가락을 들기 전에 소주부터 잡고 뚜껑을 따며 말을 꺼냈다.

"한잔해. 한 잔 마시고 풀어버려."

"술 잘 못해요."

"한 잔만 하라고."

성일이 마지못한 기색으로 잔을 들어 술을 받았다.

열린 창을 통해 빗물이 튀어들고 있었다. 적은 양이 아니어서 바닥에 깐 신문지가 금세 푹 젖어들었다.

성일이 일어나서 창문을 닫았다. 그 등 뒤에 대고 성제가 말했다.

"재수가 없었다고 쳐. 그 형 성질이 본래 장난 아닌데 오늘따라 저기압이었어. 나도 온종일 설설 기었다고. 왜 깡패라느니 그런 돼먹잖은 소릴 씨부려?"

"저도 모르게 너무 복받쳐서……."

"씨발……. 그래, 알아. 성일 씨 마음 이해해. 자, 마셔."

성제는 마음과 다른 말로 짐짓 위로하며 성일과 잔을 맞부딪쳤다.

한시바삐 성일의 집을 벗어나고 싶었다. 이런 냄새나는 단

칸방에서 꾀죄죄한 채무자와 해물탕을 먹고 싶은 마음일랑 추호도 없었다.

기광이 낮에 이 채무자를 때리지만 않았다면, 그래서 별 탈 없이 하루를 마감했다면 지금쯤 최근 만나고 있는 아가씨와 근사한 장소에서 스테이크를 썰고 있었을 테니까.

"얼른 먹어, 배고플 거 아냐."

"네, 네."

성일은 정말 잘도 먹었다. 밥 한 공기를 금세 비우더니 한 솥의 해물탕을 혼자 다 먹을 기세로 흡입하기 시작했다.

수염으로 너저분한 입가가 국물로 범벅이 되어가고 있었다. 성제는 그만 입맛이 떨어져 숟가락을 내려놓고 대신 소주를 한 잔 따랐다.

"다시 한 번 얘기하는 건데 말이야."

"네?"

성일이 밥을 먹다 몸을 멈추고 붕어처럼 눈을 깜박였다. 그 미간 사이에 삿대질을 하며 성제가 힘을 주어 말했다.

"허튼 수작 부리지 않기야."

"아, 안 해요."

성일은 심하게 겁에 질린 표정으로 더듬더듬 대답했다. 별 문제는 없을 것 같다는 확신이 들었지만, 그래도 성제는 똑똑히 못을 박기 위해 말을 이었다.

"그 형은 사람 하나 골로 보내는 거 일도 아냐. 그리고 이거 기억해야 돼. 그 형만 있는 게 아냐. 성일 씨가 수작 부리면 지옥 끝까지라도 쫓아갈 인간이 한둘이 아니라고."

"아, 안 한다고요……."

"알았어, 성일 씨는 똑똑하지? 대신, 우리도 미안한 게 있으니까 양보할게. 원금만 줘."

성일이 두 눈을 휘둥그레 떴다.

"워, 원금만요?"

"그래, 원금만. 300만 원만 주면 돼."

"고맙… 습니다."

"한 잔 더 해."

소주 한 병이 얼마 못가 동이 났다.

빗소리가 점차 가늘어지고 있었다. 성제는 벽에 등을 기대고 앉아 담배를 빼 물었다.

성일은 아직도 배가 고픈지 솥의 밑바닥을 나무젓가락 끝으로 휘젓고 있었다.

"근데 성일 씨."

"네?"

"공장일은 관둔 거잖아."

"그건… 일이 저하고 너무 안 맞아서……."

"때려친 걸 뭐라고 하자는 게 아냐. 정말 다음 주면 돈 들어올 데는 있는 거야?"

"아마도······."

성제가 한 쪽 눈두덩을 뒤틀었다.

"아마도? 아까는 아주 확실한 것처럼 말하더니."

성일이 비가 쏟아지는 창밖으로 힐끗 시선을 주며 대답했다.

"비가 저렇게 오면 데마날 수가 있어서요."

"데마?"

"공사판이요. 날이 궂으면 일을 못 받을 수가 있다고요."

"노가다 뛴다고?"

"네."

"으음······."

성제가 코끝을 긁으며 생각에 잠겼다. 몇몇 사무실의 용역 소장을 알고 있었고 마음만 먹으면 소개시켜 줄 수도 있었다. 그런데 귀찮아서 내키지가 않았다.

기껏 소개시켜 준 성일이 일을 제대로 하지 못할 경우 소장에게 푸념을 들을 일도 싫었다.

'알아서 하라지. 데마가 나든 말든 알 게 뭐야.'

어차피 지금은 병욱의 명령대로 채찍 대신 당근을 줘야 할 때였다.

기간도 넉넉하게 주고 원금만 받으면 그만이다. 성제는 그렇게 생각을 마무리하며 부담을 덜고 일어섰다.
"아무튼 열심히 해. 다음 주에 전화할 테니까 꼭 받아."
"네."
"제발 사람 찾아오게 만들지 말라고. 성일 씨도 내 얼굴 별로 보고 싶지 않잖아."
"알겠어요."
"그래, 믿어."
구두를 신은 성제가 현관문을 열다 말고 돌아보았다.
"일 나갈 때 차비는 있어?"
"괜찮아요."
"있냐고."
"30분 정도만 걸으면 갈 수 있는 데라서……."
성제는 어이가 없었다. 혹시나 해서 물어본 건데 정말 차비조차 없었을 줄이야.
문득 지저분한 싱크대 위로 성제의 시선이 갔다. 딱 반만 먹고 빨래집게로 봉해 놓은 라면 봉지가 초라하게 놓여 있었다.
"받아."
성제가 지갑에서 만 원 지폐 세 장을 꺼내 건넸다.
"괜찮은데……."
"그냥 주는 푼돈이야. 갚으라고 안 할 테니까 일 갈 때 차비에 보태 써."

성제는 억지로 성일의 옷깃에 돈을 넣어주었다. 앞서 무기력한 성일의 모습에 화가 났지만 함께 밥을 먹다 보니 어느 정도 측은한 마음이 든 것도 사실이었다.

동정 반 짜증 반의 심정으로 성제가 말했다.

"그리고 성일 씨, 내가 이런 말하는 거 좀 오버인 건 아는데. 사람답게 좀 살아. 구질구질하게 이게 뭐야? 일 하나 잘 잡아서 근성있게 좀 해봐. 일에 자기를 맞춰야지, 자기를 일에 맞춰서야 되겠어? 안 그래? 당신 빚 고작 300만 원이야. 물론 적은 돈이란 소린 아냐. 근데 그렇게 큰돈도 아니잖아. 그걸 내내 못 갚아서 이렇게 시달리는 게 말이 돼? 오늘은 두들겨 맞기까지 하고."

성일이 두 눈을 내리깔고 있었다. 촉촉해지는 그의 눈시울을 보고 성제는 헛기침을 하며 말을 돌렸다.

"아무튼 뭐, 그건 윈윈이지. 덕분에 이자 다 깎았잖아. 전화위복이라고 쳐. 이제부터는 성실하게 일 좀 하고 가슴 펴고 살자고, 우리."

"……."

"내 말 들은 거야?"

"네."

"갈게. 오늘은 푹 쉬고."

성제는 성일의 어깨를 두어 번 두드려 준 다음 돌아서서 현관을 나섰다.

계단 위로 발소리가 빠르게 멀어져 갔다. 성일은 문을 닫을 생각도 없이 우두커니 현관 앞에 서서 중얼거렸다.

"씨발새끼……. 머리에 피도 안 마른 새끼가 누구한테……."

어느새 성일의 두 눈에서는 눈물이 뚝뚝 흘러내리고 있었다.

분해서 견딜 수가 없었다. 얻어맞은 것만 해도 돌아버릴 지경인데, 막내동생뻘밖에 안 되는 젊은 녀석에게 훈계까지 들었다.

성일은 명치에 끓어오르는 비애감을 느끼며 현관문을 주먹으로 강하게 때렸다.

쾅!

"아야야!"

성일이 아픈 주먹을 감싸며 쪼그려 앉았다.

깨진 손등에서 핏물이 배어나왔다.

성일은 아차 싶었다. 당장 내일부터 노가다를 뛰어야 하는데 손을 다치면 삽자루를 제대로 잡을 수가 없다. 스스로가 한심하기 짝이 없다는 생각이 밀려왔다. 눈물이 오열로 뒤바뀌고 있었다.

"으ㅎㅎㅎ……! 으ㅎㅎ……!"

쾅쾅쾅!

"이봐요! 안에 아무도 없어요!"

부서질 듯 문을 두드리며 불러대는 목소리에, 성일은 오열을 멈추고 급히 숨을 죽였다. 식당을 하는 건물주 여자가 퇴근길에 들른 모양이었다.

자신을 방문한 목적이야 뻔했다. 벌써 두 달 치 월세를 밀린 상태였다. 알량한 액수의 보증금은 이미 오래전에 도박으로 까먹었다.

"안에 있죠? 방금까지 소리가 들렸는데? 어이구, 죽을상을 하시더니 여기 그릇 내놓은 거 보니 밥도 기똥차게 시켜 드셨네? 빨리 문 열어봐요! 월세 언제 줄 거야, 나도 흙 파서 임대업 하는 거 아니라고! 비싼 밥 시켜 먹을 돈은 있고 월세 낼 돈은 없어?! 문 좀 열어봐!"

고함과 문을 두드리는 소리가 점점 커져갔다.

성일은 꾀죄죄한 이불 속으로 들어가 새우처럼 몸을 웅크리고 모로 누웠다. 눈은 질끈 감은 채 손으로는 두 귀를 틀어막고 있었다.

'제발 가……! 좀 꺼지라고, 이 돈밖에 모르는 망할 년!'

심장이 터질 것처럼 뛰고 있었다. 누군가로부터 독촉을 받는 일에는 이골이 나버렸다.

그건 공포 그 자체였다. 할 수 있는 말도, 줄 수 있는 돈도 전혀 없는 무기력한 모습으로 상대와 마주서야 하는 상황이 끔찍하기만 했다.

"딱 사흘이야! 사흘 동안 똥배짱으로 버티면 내가 정말 특단의 조치를 취할 테니까 각오해! 에이, 짜증나!"

또각또각 계단을 밟는 주인 여자의 구두 소리가 성일에겐 비루한 자신의 몸을 콕콕 찌르는 것처럼 느껴졌다.

성일은 이불 속에서 나오지도 못하고 눈물만 줄기차게 흘려댔다.

"으흐흑……. 씨발."

처음부터 이런 불우한 삶을 타고난 건 아니었다.

어느새 성일의 머릿속에는 과거의 나날들이 그려지고 있었다.

성일의 집안은 유복한 편이었다.

부모님은 고향에서 제법 큰 지물포를 경영했고 장사도 잘됐었다. 집도 마을에서 가장 큰 마당을 낀 단독주택이었다. 덕분에 늦둥이로 태어난 성일은 부족함 없이 풍요를 누리며 자랄 수 있었다.

성일의 부모는 늦게 본 아들을 꾸짖는 법을 알지 못했다.

그리고 그것이 화근이었다.

성일은 나이가 들수록 하늘 무서운 줄 모르고 거만해졌다. 자신 위주로 모든 것을 판단하고 결정했다.

하기 싫은 일은 결코 하지 않았다. 하고 싶은 것만 하고 살아도 하루 24시간이 빠듯했기 때문이다.

모난 성격의 그에게도 친구들은 있었다. 그냥 있다고 표현할 정도가 아니라 아주 많았다.

거의 대부분이 성일의 마르지 않는 샘을 보고 접근한 친구들이었다.

이 수많은 친구들과 떼로 몰려다니며 흥청망청 시간을 흘려보내는 일이 성일에게 있어 최대의 낙이었다.

수도 없이 많은 사고를 쳤다.

고등학교 땐 무려 네 번의 전학을 겪었다. 그나마 모자란 출석일수로 가까스로 졸업할 수 있었던 것은 그저 늦둥이 아들이라면 깜박 죽는 부모 덕택이었다.

엉망진창의 성적으로 고등학교를 졸업한 이후, 성일은 등록금만 내면 다닐 수 있다는 소문의 한 지방대학에 입학했다.

입학한 이유도 별것은 아니었다. 더 제대로 놀아보기 위해서, 그리고 군입대를 미루기 위해서.

대학생이 되어서도 성일의 생활은 개차반이었다. 자신의 전공이 무엇인지조차 잊어버릴 정도로 놀기 바빴다. 술과 여자가 빠지면 아예 하루 일과가 성립이 되지 않았다.

보다 못한 늙은 부모가 처음으로 꾸중다운 꾸중을 하게 된 것도 이 무렵이었다.

사람답게 살아보라는 부모의 충고를 성일은 곧이듣지 않았다. 부모와의 말다툼이 짜증스러워 외박을 하는 일이 잦아졌다.

일 년이 지나 성일이 2학년이 될 무렵, 성일의 어머니는 특단의 조치를 취하기로 했다. 망나니 아들이 정신을 차릴 수 있도록 군대에 보내기로 결정한 것이었다.

입대 권유를 들은 당일 성일은 벌컥 화를 냈다.

군대라면 생각만 해도 토가 나올 만큼 끔찍했다. 놀기만 해도 아까운 2년의 청춘을 냄새나는 군대에서 썩어야 한다고 생각하니 정말이지 성일은 머리가 돌아버릴 것만 같았다.

군대에 대한 근심에 되는 일이 없었다. 즐겨 마시던 술맛은 썼고, 담배는 목만 아팠고, 만나는 여자들의 얼굴은 하나같이 메주처럼 보였다.

어떻게 하면 현역 대신 공익판정이라도 받을 수 있을까.

성일은 체중미달로 2급 현역판정을 받은 상태였다.

번민으로 인터넷을 수소문한 끝에 그는 공익판정을 받아낼 수 있는 기가 막힌 정보를 얻어낼 수 있었다. 물론 공짜는 아니었다.

거금 500만 원의 돈을 지불하고 얻어낸 그 정보는 의외로 간단하기 짝이 없는 '항문 조이기'였다. 괄약근에 힘을 줘서 조이면 일시적으로 혈압이 상승하여 고혈압 판정을 받아낼 수 있다는 꿀과 같은 정보였던 것이다.

재검신청을 한 성일은 이 방법을 사용해 공익판정을 얻어내는 데에 성공했다. 그리고 부모의 바람에 기꺼이 응해 훈련소 입대를 결정했다.

몹시도 견디기 힘들었던 훈련소 생활이 끝나고, 성일은 집에서 가까운 구청의 공익근무요원이 되었다.

담당 공무원들은 성일을 제지하지 않았다.

성일이 그 공무원들의 약점을 간파하고 있었기 때문이다.

초과근무가 있는 날 남아서 족구를 하고, 기부로 들어온 비품들을 뒤로 빼돌려 쓰기 좋아하는 공무원들은 성일에게 찍소리 한마디 할 수가 없었다.

공익근무가 거의 끝나갈 무렵, 성일에게 비보가 찾아들었다. 그것은 부모의 갑작스런 죽음이었다. 누전으로 상가에 화재가 일어난 바람에 질식사를 하고 만 것이었다.

장례식장에서 비애감 어린 기색으로 조문객들을 맞이하면서도 성일은 솔직히 그다지 슬프지 않았다.

이제 자신이 얻게 될 막대한 유산을 생각하면 오히려 춤이라도 추고 싶을 정도였다.

기준 이하로 부패된 자신의 정신을 머리로는 인정하면서

도, 찬란한 앞날에 심장은 그저 두근거릴 뿐이었다.

 집과 상가, 그리고 두 대의 차를 포함해 20억에 달하는 거액의 동산이 성일의 손아귀에 들어왔다.

 하루아침에 알부자가 된 그날 성일은 아는 친구들을 모조리 불러들여 밤새도록 파티를 벌였다. 눈물이 콸콸 쏟아질 정도로 웃고 또 웃었다. 세상 모든 사물이 자신을 축복하고 있는 것만 같았다.

 기쁨은 오래 가지 못했다.

 졸부에게 몰락은 생각보다 훨씬 빠르게 찾아왔다.

 계속되는 유흥은 야금야금 그의 계좌를 갉아먹었다. 그 사이사이에 곁을 지나친 수많은 여자들, 또 친구라는 허명을 쓴 인간들이 저마다의 그럴싸한 이유를 내세워 성일의 돈을 빼갔다.

 ―이거 진짜 괜찮은 사업이야. 3억만 대 봐, 성일 씨. 내년이면 10억이 된다니까?

 ―내가 너한테 거짓말한 적 있어? 너 고작 20억 재산으로 언제까지 이렇게 놀 수 있을 거 같냐? 나 믿고 이 종목에 투자해라. 코스닥이라고 마냥 불안하다는 건 한심한 얘기지! 이거 이제부터 떡상 열 번은 할 종목이야!

 ―나 성일 오빠 매일매일 보고 싶은데. 터미널 옆에 오피스텔 작은 거 하나만 사주면 안 돼? 그럼 내가 매일 오빠 밥해주고, 빨래도 해주고 그럴게.

성일은 술과 담배에 취한 상태로 이 모든 요구를 받아들였다.

흐릿한 시야 속에서 어둠을 가르는 담배 연기처럼 모든 것이 부드럽게, 갈 곳을 향해 제대로 흘러가고 있다고 생각했다. 그것은 여지없는 착각이었지만.

유산을 받고 2년이 채 지나지 않은 어느 하루.

만나던 여자와 시내에서 그럴싸한 점심을 먹은 성일은 계산을 위해 카드를 꺼내 들었다.

여자의 허리에 손을 두른 채 이제부터 뭘 하고 놀까 생각하는데 카운터의 직원이 그에게 말을 건넸다.

"저기, 손님. 이 카드 거래정지입니다만……."

"그럴 리가요. 다시 해봐요."

직원은 다시 여러 번 시도를 했지만 역시 카드는 결제가 되지 않았다.

성일 곁의 여자 얼굴에 그늘이 드리워지고 있었다. 성일은 난처한 기색으로 다른 카드를 꺼내 내밀었다.

"이걸로 해봐요."

그러나 결과는 다른 카드 역시 마찬가지였다.

"이 카드도 안 되는데요."

"돌겠네. 여기 리더기 손 좀 봐야 하는 거 아냐?"

성일은 일단 현금을 꺼내 계산을 치르고 가게를 나섰다.

그는 자신의 계좌에 돈이 한 푼도 남아 있지 않다는 사실을 꿈에도 모르고 있었다.

카드회사의 전화는 받지도 않았고, 집에 거의 들어가질 않으니 청구서를 보는 일도 없었다.

제아무리 망나니인 성일도 본능적으로 어쩐지 찝찝한 기분을 느끼고 있었다.

그는 일단 여자와 헤어지고 집으로 돌아왔다. 그리고 진정한 지옥을 맛보게 되었다.

"뭐, 뭐야? 왜 내 주식이 이렇게 폭락했지?"

컴퓨터 모니터 앞에서 성일의 안색이 까맣게 죽어들고 있었다.

증권사에 일하는 친구의 강력한 권유로 투자한 그의 주식이 아예 반 토막이 나 있었던 것이다. 현금으로도 모자라 미수와 신용을 있는 대로 끌어 들이부은 종목이었다.

성일은 허겁지겁 친구에게 전화를 걸었다. 없는 번호라는 메시지만 그의 귀청을 울리고 있었다. 몇 번을 다시 걸어도 허사였다. 성일은 사색이 되어 핸드폰을 집어던졌다.

'소, 손절을 할 순 없어! 원금이 얼만데! 오를 거야! 오를 거야! 오르지 않을 리가 없어!'

제정신으로 막대한 손해를 보고 이 주식을 포기할 순 없었다.

속칭 '물 타기'가 시작되었다. 성일은 집을 담보로 받은 대출금을 투자해 지속적으로 평균단가를 낮춰 주식을 매입했다.

결과는 호미로 막을 것을 가래로 막게 만든 꼴이 되었다.

아니, 가래로도 막을 수 없을 파탄에 이르고야 말았다.

재산은 물론이고 가진 집과 상가, 그리고 자동차까지 모조리 처분해 눈덩이처럼 불어난 빚을 갚아야 했다.

하루아침에 몸뚱이 하나만 남은 알거지가 된 성일은 꿈을 꾸는 눈초리로 멍하니 하늘만 올려다보고 있었다.

곁에 남은 친구는 아무도 없었다. 믿었던 여자들도 전부 연락처를 바꾸고 어디론가로 사라졌다.

"으흐흐……. 어머니! 아버지!"

완전한 고독 속에서 성일은 돌아가신 부모님을 생각하며 꺼이꺼이 울었다.

가슴 아파해 주는 사람 하나 없는 그 울음소리는, 비로소 성일의 지옥 같은 인생이 시작되었음을 알리는 신호탄이었다.

"후우……."

성일은 생각하길 그만두고 더러운 이불 속에서 머리를 뺐다. 우는 데에다 기운을 쓰기도 아깝다는 생각이 들었다.

간만에 성제 덕분에 비싼 저녁밥을 든든히 먹었다. 일찍 자고 일을 나갈 생각으로 성일은 형광등의 전원을 껐다.

다음 날 아침.

다행히 비는 오지 않았다.

성일은 차비를 아끼기 위해 인력소까지 걸어갔다. 성제에게 받은 3만 원은 그대로 주머니에 꼬깃꼬깃 들어가 있었다.

배가 고파 편의점에서 삼각김밥이라도 사먹고 싶었지만 돈이 아까워 그것도 꾹 참았다.

그리고 또, '데마'가 났다.

소장의 눈치를 보며 그저 대기하고 있던 성일에게 돌아온 것은 돌아가라는 차가운 한마디였다. 김밥 한 줄 사먹을 돈은커녕 차비 한 푼도 없이.

성일은 한마디 따지지도 못하고 비루하게 인력소를 나설 수밖에 없었다.

당장 내일부터 나오지 말라고 으르렁대기라도 하면 어찌 버티란 말인가.

성일은 자괴감에 빠져 터덜터덜 거리를 배회했다. 당장 갈 곳이 아무데도 없었다.

고개 숙인 그의 눈에 시장에서 산 단벌의 낡은 점퍼, 보기 흉하게 무릎이 툭 튀어나온 얼룩진 면바지, 앞코가 찢어진 운동화가 차례차례 보였다.

갑자기 코끝이 시큰거렸고, 성일은 심호흡을 하며 눈물을 참았다.

"씨발……!"

거리의 행인들이 모두 자신을 쳐다보고 있는 것만 같았다.

냄새가 난다는 표정으로 수군거리며 자신에 대한 험담을 늘어놓고 있는 것만 같았다.

이 순간이 지나고 나면 이것이 자신의 피해망상이었다는 것을 깨닫곤 했지만, 막상 그런 생각이 드는 순간에는 도저히 버틸 재간이 없는 성일이었다.

정오가 되기 직전 성일은 허기를 참지 못하고 허름한 국밥집에 들어섰다. 주눅 든 목소리로 국밥 하나를 시키자 아줌마는 대꾸도 없이 극히 사무적으로 밥상을 차려 내왔다. 힐끗 아줌마의 표정을 본 성일은 속으로 이를 갈았다.

'내가 더럽고 냄새나는 잡부라고 속으로 욕하고 있어. 네까짓 게 국밥 사 먹을 주제는 되느냐는 눈빛을 하고 있어. 그러니까 나한테는 맛있게 드시라는 말 한마디도 하지 않는 거야. 나도 엄연한 손님인데……. 나도 돈이 있단 말이야, 이 망할 년아!'

숟가락을 쥔 손이 부들부들 떨려왔다. 국밥 그릇을 내팽개치며 소리치고 싶었지만, 뒤탈을 정리할 능력이 그에겐 없었다.

결국 그가 할 수 있는 행위는 얌전히 국밥을 먹고 허기를 채우는 것뿐이었다. 더러운 옷소매로 눈물을 훔치면서.

이 국밥을 다 먹은 뒤에는 뭘 해야 할까. 어떻게 해야 돈을 벌어서 사채 빚을 갚고, 밀린 월세를 낼 수가 있을까. 뭘 해야 사람다운 인생을 살아갈 수 있을까.

두서없는 잡념들이 밀려와 성일을 미치게 만들었다. 이럴 바에는 아예 제대로 미쳐 버렸으면 좋겠다고 성일은 생각했다. 하지만 성일은 미쳐 버릴 수조차 없었다.

이유는 본인이 누구보다 잘 알고 있었다. 자신은 이미 미친 놈이었기 때문이다.

그와 같은 시각.

다른 장소에는 또 한 남자가 국밥에 낮술을 퍼마시고 있었다.

"한 병 더요."

큼지막 한 손으로 빈 병을 흔드는 그는 기광이었다.

아침부터 이 단골 국밥집의 구석자리에 눌러앉아 소주를 퍼마시고 있었다. 혼자서 벌써 세 병째였다.

주문한 술국은 숟가락 한 번 대지 않은 그대로 싸늘하게 식어가고 있었다.

'왜 이렇게 화가 안 풀리지.'

기광 스스로도 알 수가 없었다. 하룻밤이 지났지만 울화의 불씨는 오히려 커지기만 하고 있었다.

자신을 미치도록 분노케 만든 요인이 무엇인지 하나씩 가늠해 보아도 소용이 없었다.

채빈 같은 햇병아리에게 굴욕을 당해서? 자신의 고백을 받은 재경이 난처한 듯 머뭇거려서? 그 어떤 것도 가슴을 꿰뚫는 정답은 아니었다.

―깡패 짓일랑 그만두고 당당해지라고.

채빈의 그 말이 아직도 귓가를 떠나지 않고 있었다.

아줌마가 새로 한 병의 소주를 가져다주었다. 기광은 뚜껑을 따자마자 빈 잔 가득 따라 단숨에 들이켰다. 술이 머리까지 오르면서 눈앞이 흐릿해지고 있었다.

깡패가 되고 싶어서 된 게 아니었다.

돈도 없고 학벌도 없었다. 가진 것이라곤 튼튼한 몸뚱이 하나뿐이었다. 그 몸뚱이로 불쌍한 세 동생을 위해 악착같이 살아왔을 뿐이었다.

돈이 되는 일이라면 무엇이든 했다. 동생들이 밥을 굶지 않고 학교를 잘 다니는 모습을 보면 그저 뿌듯하기만 했다.

우연한 계기로 병욱과 만나 이 업계에 투신했고 잘 버텨왔다. 자신이 가진 직업의 당위성에 대해 의심한 적은 없었다. 생각할 겨를조차 없었다.

"ㅎㅎㅎ……."

불현듯 기광은 웃음이 나왔다. 비로소 어렴풋이 알 것 같았다.

재경과의 우연한 재회가 있었던 뒤로 줄곧 직업에 대한 회의감을 품어왔었다는 것을. 그리고 채빈이 그 억눌러 놓았던 마음에 불을 붙였다는 것을.

"역시 여기 계셨네요."

기광이 또 한 잔의 소주를 따르려 할 때였다.

기광이 눈을 흐릿하게 뜨고 앞을 살폈다. 정장을 말쑥하게 차려 입은 성제가 씩 웃으며 맞은편의 의자를 빼고 있었다.

"여긴 웬 일이냐?"

"수금하러 가기 전에 전화 드렸는데 형이 안 받으셔서요."

"집에 두고 나왔어."

"알아요, 기수 보고 얘기 듣고 왔어요. 실장님이 매일 기광이 형 상태 살피라고 당부하셨거든요."

"상태는 무슨……. 됐고 빨리 수금이나 가."

"저 밥 먹고 갈 거예요. 이모! 여기 국밥 하나요!"

성제가 겉옷을 벗어 의자에 걸었다. 기광이 그의 가슴 앞으로 빈 잔을 밀며 술병을 들었다.

"한잔해."

"순댓국에 반주 안 하면 죄죠."

"미친놈."

"흐흐."

"성제야."

"네, 형."

"너도 우리가 깡패라고 생각하냐?"

잔을 들어 올리던 성제가 일순 손을 멈췄다. 이어 그는 소주 한 잔을 시원하게 들이키고 난 다음 찌푸린 표정으로 고개를 설레설레 내저었다.

"그런 식으로 생각하면 세상은 다 깡패 천지죠. 이해타산 안 맞으면 다 깡패예요. 바닥 기는 놈들이 좆 꼴리는 대로 하는 소리죠. 정치인도, 건물주도, 회사 사장도 죄다 깡패 소리 듣는 세상인데요."

"그런가."

"기광이 형, 솔직히 너무 예민해요. 어제 그 말 들으신 게 무지 신경 쓰이시는 거 같은데 그냥 훅훅 털어버리세요."

"잘 모르겠다."

"한잔하시고요."

"술이나 처마시라 이거지. 알았어. 너 수금하러 가지 말고 내 상대나 해라. 마침 잘 걸렸다."

"형이 실장님한테 전화 한 통만 해주신다면야. 이모, 여기 잔이랑 소주 한 병 더 주세요!"

성제 덕분에 기광의 얼굴에 어느 정도 웃음이 되돌아오고 있었다. 바쁜 일과 중 점심을 먹으러 들어온 수많은 손님들 틈바구니에서 성제와 기광은 경쾌하게 술잔을 맞부딪쳤다.

두 시간이 훌쩍 지나서야 낮술은 끝이 났다.
"아우, 형. 정신 좀 차려 봐요. 나 형 부축 못 해요!"
열 병이 넘는 술을 마셔 버린 기광이 거구를 감당 못하고 비틀거리고 있었다. 낑낑거리며 기광을 부축하는 성제가 고목에 붙은 매미처럼 애처로워 보였다.
"헉헉, 아이고 죽겠네. 차를 가져올걸. 택시도 안 잡히고."
바로 그 순간.
만취한 기광은 물론이고 부축에 진땀을 빼고 있는 성제도 알아채지 못한 시선이 있었다. 무너진 억장을 안고 거리를 배회하던 성일이 골목에 몸을 숨긴 채 그들을 주시하고 있었다.
'이 동네 사나?'
성일은 그런 생각을 하며 기광과 성제의 뒷모습을 뚫어져라 노려보았다. 낮술에 취해 갈지자로 걷고 있는 그들의 모습이 그저 팔자 좋게만 여겨졌다.
성일은 뜻 모를 울분이 다시금 솟구쳐 오르는 것을 느끼며, 조용히 그들의 등 뒤를 따랐다. 왜 따라가는지 그 이유는 스스로도 모른 채로.

제4장
실연

이계
마왕성

"이렇게 막 나와도 괜찮아요, 직장인이?"

솥 안 가득한 부대찌개가 부글부글 끓어오르고 있었다. 세만이 면 사리를 반으로 쪼개 넣으며 대답했다.

"우리 회사는 탄력근무가 자랑이야. 어디서 뭘 하든 자기 일만 잘하면 돼. 이크, 넘친다."

채빈이 버너의 화력을 낮췄다. 오랜만에 점심이나 같이 먹자는 세만의 부름을 받고 나온 참이었다. 장소는 세만의 회사 근처에 자리한 부대찌개 전문식당. 맛깔스런 냄새가 아침을 거르고 나온 채빈의 허기를 자극하고 있었다.

"이제 먹어도 되잖아요?"

"어, 먹어."

채빈이 국자로 세만과 자신의 접시에 찌개를 덜었다. 그러고는 자기 접시에 들깨가루를 쏟아 넣었다. 그걸 본 세만이 기겁한 얼굴로 물었다.

"부대찌개에 들깨를 넣어서 먹냐?"

"이래도 맛있어요. 전 원래 이렇게 먹는데."

"엇."

갑자기 세만이 뭔가 생각났다는 듯이 손가락을 튕겼다.

"너 어제 술 좀 마셨다며?"

"네."

"그럼 술 마시고 해장하는 건데 들깨를 넣으면 안 되지."

"왜요? 들깨 성분이 해장에 방해돼요?"

세만이 진지하게 고개를 가로저으며 대답했다.

"아니, 들깨를 먹으면 술이 들깨."

채빈이 두 손바닥에 얼굴을 파묻었다.

"아, 형. 제발 이제 그런 거 하지 좀 말라고요."

"야, 이게 재미없다고? 회식자리에서 얘기해 주니까 다들 빵 터지던데?"

"그건 형이 상사니까 분위기 맞춰 주려고 그런 거고요."

"너 억지로 웃긴데 참고 있는 거지? 기억했다가 나중에 써먹을 거잖아?"

"아, 됐다니까요 좀."

"사과를 한입 베어 먹으면 파인애플."

"안 들려요."

"화장실에 사는 새는 똥냄새."

"형, 저 진짜 미칠 거 같거든요?"

"알았어, 알았어. 그만한다. 너 진짜 단호하네. 단호박이냐."

"아우! 진짜 형 같은 사람이 시나리오를 안 맡아서 다행이지. 회사에서 개발하는 게임 시나리오나 퀘스트엔 입도 뻥긋하지 마세요."

"야, 말이 나와서 말인데 제대로 된 시나리오가 도통 안 나오고 있어. 너 진짜 우리 회사 안 올래?"

"전에 말씀드렸잖아요. 호의는 감사한데 지금은 못 가요."

"알았다."

대화가 끊겼다. 두 사람은 한동안 묵묵히 식사에 집중했다.

찌개가 반쯤 남았을 즈음에 이르러 세만이 추가로 사리를 주문했다. 이미 부를 대로 부른 배를 잡고 물러나 앉으며 채빈이 입을 열었다.

"근데 형, 요즘은 모바일 게임이 대세라던데."

"맞아."

"형네 회사에서도 모바일 게임 만들었잖아요? 와일드 러너였나?"

"이야, 그런 걸 다 아네?"

"요즘 승승장구한다고 기사 언뜻 봤거든요. 일본에서도 꽤나 잘나간다고 하고, 조만간 중국에서도 서비스할 거라고."

세만이 물컵을 입으로 가져가며 채빈을 지그시 바라보고 있었다. 그 의미심장한 눈빛에 채빈이 고개를 옆으로 살짝 까딱였다. 물을 마시고 컵을 내려놓는 세만의 입가에는 뜻 모를 웃음이 걸려 있었다.

"갑자기 왜 웃으세요?"

"우리 채빈이 돈 좀 벌게 해줄까?"

채빈의 두 눈이 형광등 아래서 환히 빛을 밝혔다.

다다익선이라고, 돈이야 많으면 많을수록 좋은 것 아니겠는가. 집 구입 문제 외에 딱히 돈이 부족한 상황은 아니었지만 채빈은 기대를 품고 물었다.

"돈 마다할 사람이 어딨어요? 근데 뜬금없게 돈 얘기는 왜요?"

"그게 말이지……."

세만이 목소리를 낮추고 주위를 살폈다. 눈에 익은 얼굴의 손님이 아무도 없음을 확인한 다음, 세만은 채빈의 귓가에 대고 속삭였다.

"우리 회사 주식 사라."

"주식이요?"

"쉿. 조용히 말해."

세만이 입술에 손가락을 대고 재차 주의를 주었다. 채빈도 눈치 빠르게 이곳이 세만의 회사 근처임을 상기시키고 목소리를 줄여 물었다.

"주식은 왜요?"

"일본 쪽 매출이 엄청나거든. 중국 쪽에서도 선방할 거고. 주식에 대해서 좀 알아?"

채빈이 고개를 설레설레 내저었다.

"하나도 몰라요. 돌아가신 아버지가 좀 하시다 그만두셨는데. 주식 같은 거 쫄딱 망하기 딱 좋으니까 쳐다보지도 말라고……"

"그 말씀도 잘못된 건 아니지. 싸게 사서 비싸게 판다는 게 생각만치 쉬운 건 아니거든. 아무튼 말이야."

세만이 검지를 힘 있게 세워 보이며 말했다.

"주식에 대해 왈가왈부 길게 말은 안 한다. 공부하고 싶으면 네가 책 하나 사서 알아서 하면 되고. 내가 하고 싶은 말은 딱 하나다. 돈 좀 벌어보고 싶으면 우리 회사 주식 사라. 조만간 실적발표하고 나면 들어갈 타이밍도 애매해질 거다."

"으음……."

"네가 몰라서 그렇지, 이런 걸 정보매매라고 하는데 돈 몇백 줘야 들을 수 있는 귀중한 정보야."

"네? 몇 백이요?"

"하여간 세상을 몰라도 너무 몰라요."

놀란 채빈이 입을 떡하니 벌렸다. 세만이 그 입안에 떡 사리를 쏙 집어넣었다. 떡을 우물거리며 한참을 생각한 끝에 채빈이 고개를 끄덕였다.

"살게요."

"결정했냐?"

"네. 형 말 들어서 잘못된 적도 없고."

그간 마왕성을 드나들면서 꽤 많은 재산을 축적했다. 당장 쓸 데도 없는 돈이었다. 살고 있는 집 문제라면 구입할 수 있을 때까지 기다려 주겠다는 주인의 허락도 받았다. 그리고 무엇보다 채빈에게는 세만을 향한 믿음이 있었다.

세만이 조금 난처한 듯이 뒷머리를 긁적이며 말했다.

"사실 나라는 하나의 사람을 믿고 몰빵하는 건 무척 잘못된 투자방식이지만… 이번만은 내 말이 맞으니까 넘어가자. 하여간 소액으로 조금만 해봐."

"주식은 어떻게 사면 되는 거예요?"

"은행에 가서 증권계좌 하나 파. 그리고 네가 가진 통장이랑 연계시켜. 그리고 주식할 돈을 증권계좌로 옮겨다가 그 돈으로 매매하는 거야."

세만이 자세하게 주식하는 방법을 일러주었다. 채빈은 귀를 쫑긋 세우고 이따금 핸드폰으로 메모하기도 하면서 설명을 열심히 들었다.

"그리고 '주식투자 무조건 따라하기'라는 책 시간 되면 한 번 읽어 봐라. 주식 초짜가 감 잡기에는 그것만큼 쉽고 좋은 책도 없거든."

책 제목까지 놓치지 않고 메모를 끝낸 채빈이 핸드폰을 거두고 허리를 폈다. 세만이 자리를 털고 일어서며 덧붙였다.

"주식 같은 거 경험해 보는 거 나쁘지 않다. 이 기회에 좀 배워두는 것도 괜찮을 거야."

"알겠어요. 재밌겠다."

계산을 치르고 가게를 나온 두 사람에게 한낮의 따사로운 햇살이 쏟아졌다.

세만이 한껏 기지개를 켜며 나른한 몸을 깨웠다. 채빈도 덩달아 하품을 했다.

"이제 낮엔 꽤 따뜻하네."

"그러게요."

"저기 벤치에서 편의점 커피나 한 잔 하자."

"형 이제 슬슬 들어가 보셔야 되는 거 아니에요?"

"커피 한 잔 마실 시간은 돼."

"제가 사올게요."

"땡스. 난 에스프레소."

채빈이 편의점에서 커피를 사왔다.

커피를 하나씩 잡고 빨대를 꽂고 있노라니 어디선가 비둘기 떼가 날아와 그들 앞에 자리를 잡았다. 세만이 식당에서 가져온 박하사탕을 잘게 부숴 흩뿌리자 비둘기들이 좋다고 쪼아 먹기 시작했다.

"채빈아."

"네."

"재경 씨랑 또 무슨 일 있냐?"

채빈이 빨대를 문 채로 돌아보았다. 세만은 모르는 척 맑게 개어 있는 하늘을 올려다보고 있었다.

"재경 누나가 형한테 뭐라고 말했어요?"

"그냥 촉이 와서 물어봤다. 아침에 통화하는데 목소리가 울적하더라고. 별일 없으면 됐다."

세만은 더 묻지 않고 입을 다물었다.

채빈은 차가운 커피를 목젖으로 넘기며 잠시 고민에 빠졌다. 이윽고 결심이 선 채빈은 벤치 등받이에 몸을 눕히며 한숨과 함께 던지듯이 말을 꺼냈다.

"사채업자랑 만나더라고요."

세만의 표정이 뒤바뀌었다.
"무슨 소리야?"
"사실은요……."
채빈은 담담한 어조로 얼마 전 기광과의 사이에 있었던 일들을 늘어놓았다. 우연히 재경을 찾아갔다가 목격한 장면에서부터 기광과 짧은 다툼을 했던 부분까지 하나도 빠짐없이.
세만은 박하사탕 가루를 쪼아대는 비둘기들에게 시선을 둔 채 채빈의 말에 귀를 기울이고 있었다.
"남의 일에 개입하는 건 싫지만… 그래도 그건 좀 아닌 거 같아서 저도 모르게 나섰어요. 제가 잘못한 거예요, 형?"
"네가 옳다고 생각한 거면 잘한 거지."
"그런 애매한 답이 어딨어요?"
세만이 경쾌하게 자기 무릎을 찰싹 때리며 일어섰다.
"그런 일이라면 네가 굳이 걱정 안 해도 될 거 같다."
"네?"
"재경 씨가 바보냐? 어련히 알아서 처신할까. 그런 걱정으로 혼자 머리 싸맬 시간에 재경 씨한테 전화라도 한 통 더 해라."
"그런가. 괜한 오지랖이란 말이죠?"
"오지랖까진 아니고, 괜히 더 마음 쓰지 말라는 거다."
"알았어요."

세만이 쓰레기통을 향해 다 먹은 커피 컵을 내던졌다. 테두리에 맞고 도로 튕겨져 나온 컵에 비둘기들이 놀라 이리저리 흩어졌다. 채빈이 다시 주워 쓰레기통으로 던졌다. 깔끔하게 골인이었다. 세만이 혀를 끌끌 찼다.

"나 그만 들어간다."

"네, 점심 잘 먹었어요."

"전화 좀 하고. 주식은 살 거면 오늘이나 내일 사라."

"그럴게요."

세만이 등 뒤로 손을 흔들어 보이며 멀어져 갔다. 그가 인파에 파묻혀 완전히 보이지 않게 될 즈음 채빈은 도로 벤치에 앉아 이제부터 할 일을 생각했다. 재경을 만나러 갈 것인가. 아니면 주식을 할 계좌를 만들러 갈 것인가.

'아니, 이런 생각조차 괜한 오지랖이지.'

채빈이 자기 뺨을 살짝 때렸다. 다음 주에 새로 소스를 가져다 줄 때까지는 재경을 만나지 않는 편이 나을 것 같았다.

그렇다면 남은 일정은 하나. 채빈은 눈으로 근처의 빌딩들에 수두룩하게 붙어 있는 간판들을 훑었다. 마침 주로 거래하는 은행의 간판이 길 건너의 빌딩 하나에 큼지막하게 붙어 있었다.

채빈은 일어서서 은행을 향해 발을 내딛었다.

"어서 오세요, 고객님. 무엇을 도와드릴까요?"

한참의 순번 대기를 거친 끝에 채빈의 차례가 왔다.

채빈은 조금 머쓱한 표정으로 신분증을 꺼내 들며 창구의 여직원에게 말했다.

"주식하려고 하는데요. 계좌 좀 만들려고요."

"아, 네. 고객님 신분증 주시고 이거 작성 부탁드릴게요."

"네."

"증권사는 어디로 하실 건가요?"

"아……. 키워증권이요."

"알겠습니다."

채빈의 생각보다도 훨씬 간단하게 계좌개설이 끝났다. 서류를 받아 은행을 나선 채빈은 내친김에 서점에 가서 세만이 추천한 주식투자서적을 구입했다.

'자, 일단 등록부터 하고…….'

집으로 돌아온 채빈은 컴퓨터에 앉아 세만이 일러준 대로 작업을 시작했다. 주식거래용으로 쓸 공인인증서를 만들고, 계좌를 등록하고 주식매매 프로그램인 HTS를 설치했다.

'뭐가 이렇게 복잡하냐.'

HTS를 실행하자마자 채빈은 혀를 내둘렀다. 빨갛고 파란 차트들과 난무하는 숫자들이 두 눈을 어지럽히고 있었다. 채빈은 구입한 서적과 매뉴얼을 번갈아 차근차근 살펴보며 HTS의 기본적인 사용법을 익혔다.

'음, 이렇게 하는 거구나. 그럼 일단 매수를 해야지.'

대략적인 사용법을 습득했으니 이제는 세만의 회사인 스트림 소프트의 주식을 구입할 차례였다. 채빈은 주식주문창에 스트림 소프트를 입력했다.

'이야, 비싸네. 한 주에 4만 원이 넘어.'

몇 주 정도를 사두는 것이 좋을까. 세만을 굳게 믿지만 덜컥 거액을 투자하려니 겁이 드는 것도 사실이었다. 미묘한 갈등으로 채빈은 한동안 망설이고 있었다.

'좋아, 딱 1억만 깔끔하게 투자해 보자.'

마침내 채빈은 결정을 내렸다.

스트림 소프트 주식의 1주 가격은 42,200원이었다. 돈을 증권계좌로 옮긴 다음 매수수량을 자동으로 맞추자 '2,360'이란 숫자가 떴다.

"아, 10주 단위로만 매매가 가능하구나. 그래, 깔끔해서 좋아. 2,360주 매수 콜."

채빈이 혼잣말을 하며 현금 매수를 클릭했다.

비밀번호를 입력하고 엔터를 누르는데 어쩔 수 없이 손가락이 조금 떨렸다.

채빈은 흥분으로 짧게 숨을 토하며 마우스 버튼을 눌렀다. 곧이어 주문이 성사되었다는 체결 메시지가 화면 오른쪽 밑에서 쭉쭉 솟아오르기 시작했다.

"…이거 만 원만 올라도 2,360만 원 버는 거네."

막연한 기대감에 채빈은 심장이 벌렁거렸다.

세만이 추천해 줬으니 떨어지지 않을 거라는 확신도 있었다. 그리고 막상 매수를 하고 나니 떨어져도 뭔 상관이냐는 느긋한 기분도 들었다. 1억 정도야 두 달만 일하면 금세 회복할 수 있는 금액이다. 마법의 소스와 더불어 프라이어의 작업장, 운디네의 인터넷 방송도 있으니까.

"아, 프라이어… 운디네……."

꼬리를 물고 이어진 생각의 끄트머리에 두 정령이 있었다.

강제소환을 당한 두 정령은 지금 채빈의 곁에 없었다.

채빈은 씁쓸한 얼굴로 HTS 화면을 바라보고 있다가, 한숨을 내쉬며 컴퓨터를 껐다.

"빨리 좀 돌아와라. 외롭다."

채빈은 그렇게 중얼거리며 뒤로 벌러덩 드러누웠다. 몸은 늘어지는데 잠은 오지 않았다. 재경에게 전화라도 한 통 걸어 볼까 생각이 들었지만, 이내 세만이 했던 말을 떠올리고 다시 그만두었다.

'오지랖이야, 오지랖. 누나가 알아서 잘하겠지.'

채빈은 그렇게 스스로를 근심을 억누르며 옆으로 돌아누웠다. 두 눈을 감자 어둠 한가운데에서 재경의 환한 얼굴이 또렷하게 떠오르고 있었다.

'에이, 씨!'

채빈은 도로 눈을 뜨고 오늘 산 주식투자서적을 펼쳤다. 억지로라도 재경의 일을 잊어버리려는 듯이, 그는 두 눈에 불을 켜고서 맹렬하게 책장을 넘기기 시작했다.

"형. 형."

곤히 잠들어 있는 기광을 기수가 흔들어 깨웠다. 기수의 손에는 진동하는 핸드폰이 쥐어져 있었다. 기광은 커다란 몸을 벽 쪽으로 돌리며 신음하듯 대꾸했다.

"으음……. 왜."

"전화왔어."

"받지 마."

"계속 오는데?"

"계속 받지 마."

"문자도 왔어."

"아우……."

기광이 앓는 소리를 내며 베개 밑으로 얼굴을 처박았다. 베개의 틈 사이로 술 냄새가 진하게 풍겨져 나왔다. 기수는 코를 막고 한 발 물러나 앉아서는 핸드폰에 수신된 문자를 대신 읽어주었다.

"기광아, 전화 안 받아서 문자 보내. 같이 저녁 먹으려고 했는데. 보면 연락 부탁해……. 이름 하재경. 하재경? 여자야?"

벌떡!

"우왁!"

기광이 언제 잠에 취해 있었냐는 듯 튕기듯이 일어났다. 그는 기수의 손에서 핸드폰을 낚아채 심각한 얼굴로 문자 내용을 확인하고는 물었다.

"지, 지금 몇 시냐?"

"7시 조금 안됐어."

"아씨."

기광이 급히 전화를 걸었다. 잠깐의 신호음 끝에 재경은 금세 전화를 받았다.

―여보세요.

"재경아, 나야. 미안, 잠깐 자느라 못 받았다. 나 지금 바로 준비해서 나갈게."

―괜찮아. 무리하지 말고 피곤하면 더 자.

"아니야, 아니야! 무리랄 거 전혀 없어!"

다급히 대답하면서도 기광은 두 눈으로 입을 옷가지를 바삐 찾아 헤매고 있었다. 기수가 수상쩍은 눈길을 주며 고개를 갸웃거렸다. 통화 상대는 여자임이 분명한데, 이렇게 흥분해서 어쩔 줄 몰라 하는 형을 보는 건 처음이었다.

―그러면 사거리에서 7시 30분까지 만날까?

"그래, 알았어. 그때까지 갈게."

전화를 끊은 기광은 서둘러 속옷을 입기 시작했다. 기수는 나가지 않고 그 옆에 가만히 서 있었다.

"야, 뭐해?"

"이상한데."

"뭐가?"

"형 요즘 여자 만나?"

"그, 그냥 친구야."

기수는 범인을 취조하는 형사마냥 두 눈을 흘기고 있었다.

"아무래도 이상해. 형이 그런 걸로 말을 더듬어?"

"잠이 덜 깨서 그래, 짜샤."

"누나한테 얘기해도 돼?"

기광이 옷을 입다 말고 멈춰 섰다. 유들유들한 미소를 흘리고 있는 동생을 잠시 바라본 끝에, 그는 탄식하는 표정으로 지갑을 꺼내 들며 물었다.

"얼마면 돼."

"아디다스 저지 하나 사고 싶어."

"넌 두고 보자."

기광이 이를 갈며 10만 원 수표를 한 장 꺼내 내밀었다. 기수는 쾌재를 부르며 수표를 받아들더니 기광이 입을 셔츠와 양말, 바지를 옷장에서 꺼내다가 두 손으로 정중히 바쳤다.

"형 근데 세수도 안 하고 나가?"

"해야지. 양치질도 할 거야, 옷부터 입고."

"엄청 좋아하는 여잔가 보네."

"시끄러워. 야, 근데 지금 몇 시라고?"

"이제 7시 정각."

"아, 돌겠네. 7시 30분까지 얼마나 남은 거야."

"30분 남았지. 정신 좀 차려, 형."

옷을 다 챙겨 입은 기광은 질풍 같은 기세로 세수와 양치질을 한 다음 로션을 바르는 동시에 구두를 신으며 현관문을 열었다. 빛과 같은 속도여서 기수가 잘 다녀오라는 인사를 했을 때에는 이미 집 앞 대로를 달리고 있을 정도였다.

기광은 크게 숨을 들썩이며 심장의 박동을 억누르려고 애썼다. 정말로 재경이 이렇게 바로 만나자고 연락을 해올 줄은 솔직히 기대하지 않았었다.

'뭐라고 말을 할까.'

분홍빛 희망이 기광의 너른 가슴 가득히 꿈틀거리고 있었다. 전화나 문자로 대답해도 될 일인데 굳이 저녁을 먹자고 부른 걸 보면 그랬다. 모든 일이 바람대로 잘 풀릴 것만 같았다.

약속 장소가 멀지 않아 기광은 택시를 잡지 않고 뛰었다.

달리는 내내 보이는 모든 풍경이 아름답게 보였다. 달리던 도중 기광은 핸드폰을 꺼내 사진 메뉴를 클릭했다. 거기에는 재경의 풋풋하고 귀여운 얼굴이 담겨져 있었다. 색이 바란 졸업앨범에서 찍은 뒤 성제에게 시켜 포토샵으로 깔끔하게 보정한 사진이었다. 기광에게는 세상 그 무엇보다 아름다운 풍경이기도 했다.

"후우! 후우!"

숨이 머리 꼭대기까지 차오를 즈음 기광은 약속 장소에 도착했다.

가로수 그늘을 지나 상가 앞길로 들어서자 입구의 커피숍 앞에 선 재경의 모습이 보였다. 코트와 청바지를 입은 수수한 모습이 기광의 눈에 더없이 싱그러웠다. 낮술의 숙취가 한꺼번에 사라져 버리는 느낌이었다.

"재경아."

헐레벌떡 뛰어오는 기광을 보고 재경이 환히 웃었다.

"안녕. 금방 왔네? 왜 그렇게 숨이 차? 뛰어왔니?"

"아냐, 오래 기다렸어?"

"기다리긴, 나도 방금 도착했어."

"다행이다, 내가 너무 늦은 줄 알고."

재경이 등 뒤를 향해 눈짓을 보내며 말했다.

"저녁 여기서 먹을 건데."

"여기?"
"3층에 닭갈비. 아, 닭갈비 괜찮지?"
기광이 즉각 힘차게 고개를 위아래로 끄덕여 보였다.
"요전에 내가 잘 얻어먹었으니까 오늘은 내가 쏘려구. 여기 맛있어. 들어가자."
"어, 어."
기광은 덩치에 안 맞게 주춤거리며 앞장서는 재경의 뒤를 따랐다.
단둘이 엘리베이터에 오르자 재경의 향기가 한결 강하게 느껴져서 기광은 심장이 터질 것만 같았다. 심장 소리가 들킬까봐 겁이 날 정도였다.
마침 저녁 시간이라 식당은 손님들로 붐비고 있었다.
둘은 창가 쪽에 간신히 자리를 잡고 앉았다. 상 위는 방금 먹고 간 손님들의 식기로 잔뜩 어질러져 있었다.
"금방 치워드릴게요."
"천천히 하셔도 돼요. 낙지닭갈비로 2인분 주세요. 아, 기광이 너 소주 마실 거지?"
"너는?"
"나? 너 마시면 나도 한 잔 마시지 뭐."
"그래, 그럼. 소주도 한 병 주세요."
"네, 잠시만 기다리세요."

직원 둘이 붙어 부지런히 상을 치웠다.
 기광은 그들의 손길 사이로 재경의 표정을 몰래 살피고 있었다. 과연 오늘 자신에게 어떤 대답을 주려는 것일까. 속을 알 수 없는 얼굴이어서 기광은 은근히 조바심이 났다.
 "갑자기 저녁 먹자고 해서 놀랐지?"
 재경이 불시에 기광을 바라보며 물었다. 고민하고 있던 기광은 찬물이라도 뒤집어 쓴 사람처럼 몸을 꼿꼿이 폈다.
 "아, 아니."
 "일단 밥부터 먹자."
 "어? 어."
 일단 밥부터 먹자는 말의 저의를 알 수 없어 기광은 머리가 복잡했다. 오늘의 일을 염두에 두고 일단 밥부터 먹자고 한 것일까. 별 뜻 없이 꺼낸 말을 내가 비약해서 받아들이는 것은 아닐까. 물어볼 수도 없는 노릇이어서 기광은 답답한 시선을 창밖으로 돌리고 말아버렸다.
 주문한 닭갈비가 쇠판 위에 깔렸다. 지글지글 끓어오르는 연기 너머에서 재경이 소주 뚜껑을 땄다. 기광의 잔 가득히 소주를 따라주며 재경은 말을 꺼냈다.
 "너랑 만나게 돼서 얼마나 좋은지 몰라."
 "그래?"
 "응, 이렇게 같이 밥도 먹고, 옛날 얘기도 할 수 있고."

기광은 쑥스러운 기색으로 시선을 피했다. 눈을 초롱초롱 빛내며 웃는 재경이 못 견디게 귀여웠다. 건배하기 위해 내민 재경의 손을 붙잡고 싶은 충동이 강하게 밀려왔다.

"떡이랑 야채는 먹어도 돼. 타겠다. 접시 줘, 덜어줄게."

"고마워."

재경은 바빠서 신경을 써주지 못하는 직원 대신 능숙하게 닭갈비를 뒤적이고는 기광의 접시에 덜어주었다. 고작 음식을 덜어주었을 뿐인데도 기광은 코끝이 찡하게 감동했다. 매일 재경과 이런 시간을 보낼 수 있다면 얼마나 좋을까.

역시, 많이 좋아하고 있다고 기광은 새삼 생각했다.

재경과 함께 있으면 모든 근심을 잊어버릴 수 있었다.

재경을 절대 놓치고 싶지 않다는 욕구가 새삼스레 차올라 그의 목울대를 울리고 있었다.

닭갈비는 분명히 맛이 있었겠지만, 불행하게도 기광은 맛을 거의 느낄 수가 없었다. 다만 시간이 흐를수록 초조함만이 풍선처럼 부풀어 오르고 있었다. 닭갈비를 다 먹도록 재경은 중요한 이야기를 한마디도 꺼내지 않고 있었던 것이다.

오늘의 날씨라거나 최근 개봉한 영화 내용에 대한 이야기가 둘 사이에 오간 대화의 전부였다. 당연히 기광은 그런 화제에 손톱만큼의 관심도 없었다.

"한 병 더 마실래?"

어느새 바닥을 드러낸 소주병을 매만지며 재경이 물었다.

기광은 헛기침으로 대답을 망설였다. 이미 오늘 낮에 과음을 한 터라 몸 상태가 좋은 편이 아니었다. 무엇보다도, 아직 제대로 재경의 대답을 듣지 못한 상황이라 사양하고 싶은 마음이 컸다.

"컨디션 안 좋은가 보다. 그만 마시자, 그럼."

"미안."

"별게 다 미안해서."

직원이 후식으로 식혜를 가져다주었다. 하얀 쌀알이 동동 뜬 식혜의 수면을 내려다보며 재경이 어렵사리 입술을 뗴었다.

"직접 만나서 얘기해야 한다고 생각했어."

"그래."

기광이 낌새를 느끼고 자세를 고쳐 앉았다.

드디어 결정이 날 시간이 온 것이다.

기광은 겁이 나서 도망치고 싶은 마음을 억누른 채 힘겹게 재경을 향한 시선을 유지하고 있었다.

담배 한 개비를 피울 시간만큼의 침묵이 흘렀다. 두 사람의 식혜는 한 모금도 마시지 않은 그대로였다. 직원이 다가와 싸늘히 식은 불판을 가져간 직후, 재경이 나직이 말했다.

"이게 내 대답이야."

"어?"

기광이 의아한 눈빛으로 눈두덩을 꿈틀거렸다.

재경이 얼굴을 들어 기광을 바라보고 있었다. 그녀는 쓴웃음이 배어 있는 표정으로 아주 천천히, 고개를 가로저으며 말을 이었다.

"아까도 말했지만, 나는… 옛 친구인 널 이렇게 다시 만날 수 있어서 너무 좋다고."

"재경아."

"이 사이가 깨지지 않았으면 좋겠어."

"……."

기광은 참담한 심정이 되어 두 눈을 내리감았다.

가슴이 미어지듯이 아파왔다. 두 귀가 막혔다. 아무 것도 들리지 않았다. 무중력의 우주 속에 혼자만 남겨진 것처럼 온 사방이 고요할 뿐이었다.

흐릿해진 눈앞에서 재경이 뭔가 말하듯 입술을 달싹이고 있었다. 하지만 지금 기광은 그녀의 말을 한마디도 알아들을 수가 없었다.

'내가 깡패라서……?'

그저 생각만 들었다. 재경이 자신의 고백을 거절한 이유는 아무리 생각해도 그것밖에 없는 것 같았다. 힘과 주먹을 믿고, 그것을 기반으로 돈을 벌고 살아가는 자신을, 재경은 결

실연 147

코 인정할 수 없었던 거라고 기광은 곱씹어 생각하고 있었다.

"알았어."

얼마나 시간이 흘렀을까.

기광이 식혜를 단숨에 마시고 그릇을 내려놓았다. 더 이상 이 자리에 앉아 있을 필요가 없었다. 적어도 오늘만큼은.

재경은 억지로 떠안은 의무를 깔끔하게 끝냈다. 이제 집에 보내줘야 할 일만 남은 것이다.

"대답해줘서 고맙다."

"기광아."

"다 먹었으면 가자."

기광이 먼저 일어섰다.

급히 가방을 챙겨 뒤따르는 재경 앞에서 기광이 지갑을 꺼내고 있었다. 재경은 얼른 앞으로 나서서 그 손목을 붙잡았다.

"내가 낼 거야."

"밥값은 남자가 내야지."

"누가 그런 걸 정했는데? 여기 맛있다고 내가 데려왔잖아. 내가 내게 해줘."

순간 기광은 기묘한 참담함을 느꼈다. 고백을 거절당한 직후이기 때문일 것이다. 밥값을 내려는 재경의 행동이 마치, 어떻게든 자신에게 신세를 지지 않으려는 듯한 다짐처럼 보였던 것이다.

"알았어, 잘 먹었다."

끝내 기광은 그렇게 말할 수밖에 없었다.

건물 밖으로 나온 기광은 바로 담배를 하나 꺼내 물었다.

재경은 일도 없이 가방을 매만지며 그의 옆에 서 있었다.

기광은 아무 말도 없이 담배만 뻑뻑 피웠다. 다 피운 담배 꽁초를 휴지통에 던져 넣을 때까지도 그는 입을 열지 않았다. 침묵이 쉽사리 끝날 조짐이 없자 재경이 먼저 작별의 운을 띄웠다.

"택시 타고 갈 거지? 난 걸어갈 거니까 여기서······."

"걸어간다고?"

"응, 가게 좀 들렀다 가야 돼. 정리할 게 있어."

기광이 웃옷 앞 단추를 잠그며 한 걸음을 내딛었다.

"데려다줄게."

"괜찮아. 그러지 마."

"내가 데려다주고 싶어서 그래."

기광은 두려웠다. 여기서 이대로 헤어져 버리면 재경을 다시 못 보게 될 것 같은 불길한 예감이 들었다. 한편으로는 바래다주는 동안 재경의 마음이 변하지는 않을까 싶은 막연한 기대감도 있었다.

"알았어, 그럼. 소화도 시킬 겸 같이 걷자."

재경이 억지로나마 환하게 웃으며 대답했다.

적잖이 부담스러웠지만 기광의 굳은 얼굴을 대하자니 거절할 도리가 없었다. 두 사람은 나란히 공원을 끼고 뻗은 나란한 거리로 들어섰다.

햇살이 사라진 밤의 공기가 차가웠다.

재경이 이따금 곱은 손을 들어 입김을 호호 불어댔다. 기광은 몇 번이나 자기 웃옷을 벗어주려다가 그만두길 반복하고 있었다. 몸이 큰 만큼 부자연스러운 몸짓도 커서 재경은 금세 기광의 속내를 깨달았다. 그래서 그녀는 아예 두 손을 주머니에 넣고 추위를 참았다.

두 사람의 머리는 서로에 대한 고민으로 가득했다.

그렇기에 재경도 기광도 전혀 알아차리지 못하고 있었다.

30여 걸음쯤 뒤에서부터 자신들을 쫓아오고 있는 불청객의 존재를.

'그림 좋군, 씨발!'

가로등 뒤에 몸을 숨긴 채 성일은 몸을 부들부들 떨었다.

'저 깡패새끼! 나는 돈 한 푼 없어서 이렇게 생고생을 하고 있는데 나를 두들겨 팬 깡패 새끼는 팔자 좋게 연애놀음이나 하고 있어! 나는 당장 월세도 내서 쫓겨나게 생겼는데……. 일이 없어 내일부터는 쫄딱 굶어야 하는데……. 저 새끼는 여자랑 1인분에 9,000원이나 하는 닭갈비를 아무렇지도 않게

저녁밥으로 사 처먹은 거야!'

성일이 손에 쥐고 있던 맥주 캔을 사정없이 찌그러뜨렸다.

그는 온종일 벌겋게 달아오른 두 눈으로 기광의 뒤를 밟으면서 빈속에 술을 마셔댔다. 그리고 이 맥주가 마지막 술이었다. 성제에게 차비조로 받은 3만 원의 돈을 모조리 술값으로 써버린 셈이었다.

성일의 머릿속은 오로지 기광에 대한 울분으로만 꽉 차 있었다.

그 울분은 미행을 하면 할수록 더해져 이제는 폭발하기 일보 직전이었다.

이제 성일에게는 꿈도 희망도 없었다.

미래를 생각하면 그저 암흑이었다.

하루를 살아갈 기운조차 남아 있지 않았다.

일을 구할 자신이 없었다. 당장 인력소에서도 빈번하게 퇴짜를 맞는 마당에 누구도 자신을 고이 고용해 줄 것 같지가 않았다.

일을 구하지 못하니 빚을 갚을 수도 없고, 방세를 낼 수도 없고, 당장 끼니를 때울 수도 없는 것이다.

그렇다면 결론은?

이 더럽고 짜증나는 세상과 하직하는 것뿐이었다.

하지만 혼자 떠날 생각은 없었다. 어차피 떠나는 마당에 가장 싫은 한 놈을 길동무로 삼을 계획이었다.
 그리고 그 표적은 자연스레 자신을 두들겨 패고 모욕을 준 기광으로 정해졌다.
 성일은 찌그러진 캔을 내던지고 추격의 속도를 빨리 했다. 한 손은 주머니에 든 나이프를 매만지고 있었다.
 오는 길에 노점상에서 몇 천 원을 주고 구입한 싸구려 나이프였다. 기광 같은 괴물을 맨주먹으로 상대할 자신이 없어서였다.
 '제길, 언제 치지?'
 사실 기광을 습격할 기회는 여러 번 있었다.
 하지만 나서려고 할 때마다 겁이 덜컥 나고 다리가 후들거려서 번번이 실패했다.
 술이라도 마시면 좀 용기가 생길까 싶어 하루 종일 술도 마셔댔건만, 이 순간도 기광에게 덤빌 생각만 하면 오금이 저려오는 것이었다.
 '씨발 것들, 모텔로 가는 건 아니겠지?'
 어딘가 건물로 들어가 버리면 기회는 끝이었다. 성일은 어떻게든 나름대로 유종의 미를 거둬야만 했다.
 오늘 세상과 하직하기로 결심했으니 응당 그래야만 했다. 조바심에 등을 떠밀리면서 성일은 용기를 북돋으려 이를 꽉 악물었다.

"데려다줘서 고마워."

셔터가 내려져 있는 가게 앞에 도착해서 재경이 말했다.

"이제 그만 들어가 봐. 동생들 기다리겠다."

"귀찮구나, 내가."

"그런 거 아니야. 왜 그런 식으로 말해?"

"농담해 봤어."

"네가 농담하는 거 하나도 안 어울려."

기광이 희미하게 웃었다. 재경도 따라 피식 웃었다. 서로의 웃음이 진심이 아니라는 걸 두 사람 모두 속으로 느끼고 있었다.

그래도 그들은 각자의 이유로 웃어야만 했다.

재경은 기광과의 우정을 위해서, 기광은 이 참담한 하루를 깔끔하게 마무리하기 위해서.

"갈게."

기광이 느릿느릿 몸을 돌려 왔던 길로 걸음을 옮겼다.

그러나 몇 걸음을 가지 못해 그는 다시 재경을 돌아보며 입을 열었다.

"재경아."

"어?"

"이 말만 하자."

중요한 말을 앞두고 기광이 크게 숨을 들이마셨다. 재경은 조금 긴장해서 경직된 자세로 서 있었다.

그런 그녀에게 기광은 미련을 남기지 않으려 속에 두었던 말을 토해냈다.

"나 깡패 맞다. 말로 안 되면 힘을 쓰니까 깡패라고 해도 할 말 없는 직업이 맞는 거지."

"기광아, 나는 그런 거에 대해서 전혀……."

"일단 들어줘. 핑계는 아니지만 동생들 먹여 살리고 공부시키기 위해서 나한테는 이 길밖에 없었다. 머리도 나쁘고 땡전 한 푼 없었지만 힘만은 항상 좋았지. 타고났어, 나도 알아. 이런 내가 선택할 수 있는 일이 세상엔 몇 가지 없더라."

거기까지 말하고 난 기광이 잠시 말을 멈췄다. 밤하늘로 향한 그의 두 눈이 약간 젖어 있었다.

등 뒤로 치킨 배달 스쿠터가 굉음을 내며 지나쳐 갔고, 그 소음이 멎어들 즈음 기광은 말을 이었다.

"그래서 난 결심한 거야. 나는 더럽게 살아도 내 사람들은 최고로 행복하게 만들어 주겠다고. 내 동생들 없이 산다는 소리 듣지 않도록 열심히 돈 벌고, 좋은 집도 구해야겠다고. 내 사람들 절대 다치는 꼴 보지 않겠다고. 그리고 그 결심은 오늘까지 나름 잘 지켜오고 있어."

기광이 시선을 재경에게로 돌렸다.

흔들리는 재경의 두 눈 속에 담겨져 있는 자신의 얼굴을 느끼며 기광은 목소리에 힘을 주어 마지막 말을 내뱉었다.

"네가 내 사람이 됐으면 했다. 평생을 지켜줄 자신도 있고."

"기광아……."

"다 들어줘서 고마워. 간다."

말을 끝낸 기광이 돌아서서 걸음을 옮기기 시작했다.

재경은 빠르게 작아지는 그의 등 뒤로 손을 뻗었다가 이내 힘없이 거둬들였다.

조용히 보내주는 것이 기광을 위한 일이니까. 이제 해줄 수 있는 말은 아무 것도 없으니까.

드르륵! 드르륵!

재경의 가방 속에서 핸드폰이 울렸다. 꺼내 보니 채빈의 전화였다. 재경은 통화 버튼을 누르려다가 손을 멈추고 망설였다.

적어도 지금은 평탄한 목소리로 채빈과 통화할 수 있을 것 같지가 않았다.

재경은 오늘 기광에게 거짓말을 했다. 아니, 거짓말을 했다기보다는 진실한 속마음을 숨겼다.

채빈이라는 사람의 존재가 고백을 거절한 가장 큰 이유라는 사실을 한마디도 꺼내지 않았던 것이다.

실연 155

'미안해, 채빈아. 내일 통화하자.'

재경은 울리는 핸드폰의 진동 기능을 꺼버린 다음 도로 가방에 넣었다. 그리고는 열쇠를 꺼내 셔터의 쪽문과 그 너머의 내문을 차례로 열었다.

불이 꺼진 가게의 어둔 내부로 막 들어선 순간.

"누, 누구……. 흡!"

번개처럼 쫓아 들어온 그림자가 등 뒤에서부터 재경을 붙잡고 입을 틀어막았다. 곧바로 지독한 술 냄새와 함께 소리치는 듯한 속삭임이 전해져 왔다.

"조용히 해! 소리 지르면 그냥 뒤지는 거야!"

날카롭고 서늘한 감촉이 허리춤에 느껴졌다. 재경은 본능적으로 그것이 흉기라는 걸 알아차렸다.

소름이 확 끼치면서 저절로 위아래 이가 맞부딪치기 시작했다. 공포 속에서 등 뒤의 그림자가 내문을 잠그고 있었다.

"흑……. 흐흑……!"

후들거리는 다리마저 균형을 잡지 못하고 풀썩 꺾였다. 그림자는 등 뒤에서 그녀의 허리를 손으로 둘러 안으며 말했다.

"개미허리네. 놀라서 서 있기가 힘들지? 조용히 안쪽으로 들어가서 앉아. 내 말 잘 듣는 편이 좋을 거야. 나 인생 없는 놈이니까."

그림자가 살살 재경을 밀었다. 재경은 겁에 질려 반항도 못하고 주방 안까지 밀려들어갔다.
 그림자는 의자 하나를 들어다 재경을 앉히고는 입을 틀어막고 몸을 칭칭 동여맸다.
 "후우, 슬슬 어둠에 익숙해지는데. 킥킥."
 그림자가 낮은 목소리로 중얼거렸다.
 재경은 꽁꽁 묶인 채 부릅뜬 두 눈을 치켜 올렸다. 삼십대의 비루한 사내가 기분 나쁜 미소로 자신을 내려다보고 있었다.
 습격자의 정체는 다름 아닌 성일이었다.
 그는 재경의 가게 앞까지 쫓아와서도 도저히 기광에게 덤빌 용기를 끌어내지 못하고 있었다.
 그러던 차에 기광이 훌쩍 돌아서서 가버렸고, 성일은 상대하기 벅찬 기광 대신 나약한 여자인 재경으로 표적을 변경했던 것이다.
 "이야, 아가씨 가만 보니까 엄청 이쁘네? 응? 몸매도 죽이고……. 코트를 입었는데도 라인이 확 살아 있네, 살아 있어."
 성일이 음험한 시선으로 재경의 온몸을 훑으며 중얼거렸다. 애당초 급조한 계획은 재경을 인질로 삼아 기광에게 돈을 뜯어내려던 것이었다.
 그런데 지금 성일은 여기에 한 가지 더럽고 짐승 같은 과정

실연 157

을 추가하려 하고 있었다. 그 추악한 욕망이 풍기는 악취는 재경에게도 고스란히 전해져 왔다.

"우웁! 우우웁!"

"소리 내지 말라고 했지? 이거 안 보여?"

성일이 재경의 미간 앞에 나이프를 들이댔다.

재경은 놀란 숨을 훅 들이키고는 물 잃은 붕어처럼 가슴을 팔딱였다.

두려움으로 부풀어 오르는 그녀의 가슴에 성일의 음탕한 시선이 내리꽂혔다.

"가만히 있어. 움직이면 확 쑤셔 버릴 거야."

성일이 다리를 구부리고 자세를 낮췄다. 그 역시 흥분해서 연신 콧김을 내뿜고 있었다.

여자와 이렇게 가까이 있어본 적이 얼마만인지 까마득했다. 재경의 향기가 그나마 남아 있던 그의 이성을 완전히 마비시키고 있었다.

툭!

"흡!"

청바지의 옆선이 발목에서부터 뜯어지고 있었다. 성일은 한 손으로 재경의 바짓단을 잡고, 다른 한 손에 쥔 칼을 위로 끌어올리며 말했다.

"놀랄 거 없어. 가만히만 있으면 안 다쳐. 제길, 짱개산이라 그런지 칼날이 잘 안 드네."

"흡……. 으흐흐……!"

청바지의 옆선이 연달아 뜯겨지면서 순식간에 무릎 부분까지 이르렀다. 성일은 칼을 내려놓고 두 손으로 청바지를 잡아 좌우로 힘껏 잡아당겼다.

투두두둑!

"으흐흡!"

청바지가 허벅지 중간까지 맥없이 찢겨졌다.

곧이어 재경의 늘씬한 다리가 훤히 드러났다. 어둠 속에서도 윤기를 잃지 않는 아름다운 여체를 보자, 성일은 미친 사람처럼 두 눈을 부릅뜬 채 거친 숨을 뽑아냈다.

"아아……!"

성일은 드센 흥분으로 숨을 몰아쉬며 재경의 허벅지로 얼굴을 들이댔다.

재경은 지옥을 느끼며 두 눈 가득 뜨거운 눈물을 터뜨렸다. 역겹고 끈적끈적한 숨결이 맨살의 다리에 와 닿고 있었다.

어떻게 하면 좋을지 아무런 생각도 나지 않았다.

그저 단 한 명, 채빈의 얼굴만이 그녀의 머릿속을 가득 채우고 있을 뿐이었다.

'도와줘, 채빈아……!'

그것은 상식적으로 말이 되지 않는 바람이었다.

무슨 수로 이 위기를 알고 채빈이 도우러 온단 말인가.

점점 허벅지 위로 올라오고 있는 성일의 끈적끈적한 숨길을 느끼며 몸을 떠는 것 외에 재경은 무엇도 할 수가 없었다.

절체절명의 바로 그 순간.

콰아아아앙!

"끄아아아악!"

뒤섞여 터지는 폭음과 비명 속에서 재경이 눈을 부릅떴다.

사물이 제대로 분간되지 않는 어둠 속에서 무엇인가 그림자가 휙휙 날아다니고 있었다.

재경이 급변한 상황을 깨닫기까지는 그리 오래 걸리지 않았다. 형광등이 켜지면서 가게 내부가 환해졌다.

코피를 쏟으며 바닥을 기고 있는 성일이 보였다. 그리고 자신의 입을 틀어막은 테이프를 풀고 있는 남자의 얼굴이 보였다.

"누나! 괜찮은 거지, 어?!"

경악한 얼굴로 다그치듯 묻고 있는 그의 이름, 채빈이었다.

재경은 이 상황이 도저히 믿겨지지 않았다.

입과 몸을 봉했던 테이프가 모조리 풀리고 난 뒤에도 그녀는 의자에 그대로 앉은 채 몸을 떨며 눈물만 줄줄 흘리고 있었다.

"아무 일도 없었지? 왜 이렇게 된 거야? 이 새낀 누구고?!"

"모, 모르는 사람이야……."

"이런 개 씨발 새끼!"

빠가각!

"캬아아악!"

채빈이 사커 킥을 날려 성일의 턱주가리를 걷어찼다.

성일이 반 바퀴를 돌아 구석 끝까지 나가떨어졌다. 채빈은 득달같이 쫓아가 연이어 성일의 옆구리를 걷어찼다.

퍼억!

"아우우우우욱! 자, 잘못했어요……!"

뒤늦은 사죄가 채빈의 귀에 들려올 리 없었다.

채빈은 지금 살아온 이래 최고조의 살의를 느끼고 있었다.

상황이라면 이미 다 파악했다. 쪽문을 열어둔 채로 내문만 닫았을 리가 없는 재경이었다.

낌새가 이상한데 전화를 해도 받지 않아 막연한 불안감을 느끼던 차였다. 그래서 채빈은 위저드 아이 마법을 사용해 가게 내부를 들여다보았고, 상황을 인식하자마자 문을 부수며 뛰어들었던 것이다.

"끄어어어어억!"

채빈이 성일의 목을 움켜잡고 들어올렸다. 그러고는 성일의 얼굴 한가운데로 빗발처럼 주먹을 날려대기 시작했다.

"캬악! 컥! 꾸에에엑! 그, 그만……! 갸아아악!"

순수한 분노만이 응축된 주먹이었다. 내공을 실었다간 당장 골로 가버릴 테니까.

죽이고 싶은 마음이 머리꼭대기까지 차올라 있었지만 재경이 보는 앞에서 차마 그럴 순 없었다. 성일의 얼굴이 순식간에 빚다 만 찰흙처럼 뭉개지고 있었다.

"그, 그만해!"

재경이 채빈의 팔을 붙잡고 매달렸다. 채빈이 뿌리치고 다시 주먹을 내지르려 하자 그녀는 아예 채빈을 부둥켜안았다.

"놔, 누나."

"제발 그만해……! 그러다 저 사람 죽어! 경찰 불러! 경찰한테 맡기면 돼! 제발…… 으흐흑……!"

재경이 채빈의 가슴에 얼굴을 묻고 눈물을 흩뿌렸다. 그녀의 말은 과장이 아니었다.

아무리 내공이 실리지 않은 주먹이라도 이대로 계속 때리면 성일은 분명 죽게 될 터였다.

"빌어먹을……!"

채빈이 어깨 뒤로 한껏 당기고 있던 주먹을 허리 밑으로 떨어뜨렸다. 연이어 목을 잡고 있던 손에서도 힘을 풀자, 성일은 벽을 등진 채 스르륵 주저앉았다.

채빈은 이글거리는 시선을 성일에게 둔 채로 핸드폰을 꺼내 112 버튼을 눌렀다.

"이, 이게 어떻게 된 일이야?"

기광이 스스로에게 묻듯이 중얼거렸다.

채빈의 전화를 받고 부리나케 경찰서로 달려온 참이었다. 피투성이가 되어 앉아 있는 성일과 맞은편의 형사. 그리고 문간 옆에 팔짱을 꿰고 심란한 얼굴로 서 있는 채빈이 차례차례 기광의 두 눈에 들어왔다.

"재경이는?!"

기광이 채빈을 돌아보고 다그치듯 물었다. 채빈은 담담하지만 냉랭한 눈길로 대답했다.

"병원."

"다쳤어?"

"다친 덴 없어, 충격을 좀 받은 듯해서."

"후우우!"

커다란 안도의 한숨이 기광의 입에서 흘러나왔다. 곧바로 그는 뒤틀린 얼굴로 성일을 돌아보았다.

주변에 산재한 형사도, 이곳이 경찰서라는 사실도 망각한 채 그는 성일에게로 뚜벅뚜벅 다가섰다.

"애 같은 짓 하지 마."

채빈이 기광의 팔목을 붙잡고 말했다.

"팰 만큼 팼어. 나머진 형사님께 맡기면 돼."

"이 손 놔."

"건방지게 말하지 마."

"뭐라고?"

"상황을 이렇게 만든 게 누구야? 재경 누나가 왜 저렇게 됐는지 당신이 제일 잘 알 텐데?"

"……!"

기광은 반박할 수 없었다.

채빈의 말은 모조리 사실이었고 그의 정곡을 찔렀다.

온몸에서 힘이 쭉 빠져나가고 있었다. 비틀거리며 돌아선 기광은 벽을 짚고 가까스로 버티고 섰다. 헤어지기 직전 자신이 재경에게 했던 말이 귓가에 아른거리고 있었다.

―네가 내 사람이 됐으면 했다. 평생을 지켜줄 자신도 있고.

견딜 수 없는 자괴감과 수치심이 밀려와 기광을 무너뜨리고 있었다. 평생을 지켜줄 자신 있다고 자신만만하게 지껄이자마자 이런 몹쓸 일이 벌어지다니.

그것도 다른 누구도 아닌 자신과 관계된 채무자로 인해서. 재경을 지켜주기는커녕 피해만 잔뜩 입히고 만 것이다.

"으으으으……!"

"소리 지르고 싶으면 나가서 질러."

채빈이 어디까지나 냉담한 목소리로 기광에게 말했다.

"난 이만 누나한테 가봐야 돼. 할 말도 다했고. 미리 말해두는데 당분간 누나 얼굴 볼 생각하지 마. 지금 누나는 당신 얼굴을 꿈에서도 보고 싶은 상황이 아닐 거거든."

말을 마치기도 전에 채빈이 빙글 돌아섰다.

복도 끝 너머로 멀어진 채빈의 발소리가 완전히 들리지 않게 될 즈음, 기광은 그 커다란 몸을 지탱하지 못하고 풀썩 무릎을 꿇었다.

형사가 연신 자신의 이름을 부르고 있었지만 기광은 전혀 알아채지 못했다. 평생을 통틀어 그에게 가장 길고 괴로울 밤의 시작이었다.

"이야……. 개판이네, 개판. 이런 양아치 씨벌새끼들."

워너머니의 사무실 안.

병욱은 모니터 화면을 응시한 채 연신 욕을 퍼붓고 있었다.

화면에는 그가 투자한 종목의 주식 차트가 어지러이 떠올라 있었다. 주가가 완전히 밑바닥을 기고 있었다.

"니미 씨발 형제님 새끼들. 기관이고 외귀새끼들이고 간에 밥 처먹을 돈도 없나. 2만 원을 못가서 쫒나게 때려대네."

병욱이 목을 죄는 넥타이를 풀어 냅다 던졌다. 그 넥타이가 바닥에 떨어지기가 무섭게 문을 두드리는 소리가 울렸다.

"들어와."

끼이익.

살며시 문이 열리며 기광이 안으로 들어왔다.

기광을 본 병욱이 평소와 다르게 마우스를 놓고 벌떡 일어서며 기광을 맞이했다.

"이야, 이게 누구야. 워너머니의 핵 천기광 아니야."

"별고 없으셨습니까, 실장님."

"별고는 너한테 있었죠, 새끼야. 이리 와 앉아."

"네."

기광이 소파로 와 몸을 앉혔다. 그 맞은편에 몸을 앉히며 병욱이 푸념하듯 말을 꺼냈다.

"최근에 몰빵한 종목 완전히 죽 쒀서 개줬다. 전당포 홍 영감이 약 팔아준 거라 믿었는데 씨발, 돈 2천을 하루 만에 까먹었네."

"하하."

"웃기는, 씨발? 가진 게 돈 밖에 없는 나니까 2천쯤은 날려도 된다는 의미냐?"

"아닙니다. 그런 뜻이 아니고……."

"됐어, 임마. 어, 미스 김. 커피 좀 갖다 줘."

병욱이 인터폰을 누르고 말했다. 그러던 중 문득 그는 자신을 향한 기광의 진지한 눈빛을 느꼈다.

"뭐야?"

"사실은 드릴 말씀이 있습니다."

"휴가 더 달라고? 얼마나? 열흘로도 모자랐어?"

"그런 일이 아닙니다."

"그럼 뭔데. 말씀하세요, 형제님 새끼야."

그러나 기광은 커다란 두 손을 주물럭거리며 좀처럼 말을 잇지 못하고 있었다. 머뭇거리는 기색이 길어지는 기광을 면전에 두고 있자니, 병욱에게도 짚이는 바가 있었다.

"흐음."

병욱이 창밖을 내다보았다. 오후 6시가 되어 세상이 슬슬 어두워지려는 무렵이었다.

이내 병욱은 결심했다는 듯 입술을 달싹이고는 인터폰을 다시 눌렀다.

"미스 김, 커피 취소."

기광이 의아한 표정으로 눈두덩을 씰룩였다. 병욱은 일어서서 옷걸이에 걸려 있던 웃옷을 챙겨 들었다.

"일어나."

"네?"

"술 한잔하면서 얘기하자고."

"아, 네."

사무실을 나와 병욱이 기광을 데려간 곳은 한 허름한 포장마차였다.

이제 막 개시를 한 포장마차 안에서 중년의 여주인이 바쁜 손길로 안주거리를 다듬고 있었다.

"어서 오세요."

파란색 플라스틱 의자를 빼 앉으며 병욱이 물었다.

"주인 양반이 바뀌셨나?"

"동생이에요. 사정이 있어서 석 달 전부터 제가 하고 있어요."

"아하……. 우동 하나랑 꼼장어, 그리고 소주 한 병 줘요. 술부터 먼저 주시고."

"네, 알겠습니다!"

여주인이 재빨리 기본 야채와 국물, 그리고 소주를 내놓았다. 병욱이 뚜껑을 따서 병을 들이밀자 기광은 두 손으로 잔을 들어 공손히 술을 받았다.

"여기 기억나지?"

"물론입니다. 처음으로 실장님과 마셨던 곳인데요. 이 뒤쪽이 제가 일하던 안마방이구요."

"너 그때 인생 없었지. 아무리 진상 손님이라고 해도 그렇지 사람을 어떻게 그 지경이 되도록 두들겨 팼냐?"

기광은 소리없이 웃으며 병욱의 잔에 술을 따랐다. 그리고 작은 목소리로 말했다.

"실장님께서 절 거둬주시지 않았다면 아직도 감방 신세를

지고 있었을 겁니다."

"새끼……. 암튼 그게 벌써 언젯적 얘기냐? 왜 그동안 여길 한 번도 안 왔을까. 자, 마셔."

두 남자는 부딪친 잔을 각자 입으로 가져가 단숨에 들이켰다. 병욱은 곧바로 병을 들더니 연거푸 술을 따르며 물었다.

"좋은 거야, 나쁜 거야?"

"네?"

"오늘 하려는 얘기 말이야."

"아……."

"나쁜 거면 내일 해. 술맛 떨어지잖아."

기광의 얼굴에 곤혹이 일었다. 기왕 결심한 바인데 하루라도 더는 미루고 싶지 않은 심정이었다.

곁눈으로 그런 기광을 보고 있던 병욱이 쿡, 하고 웃으며 소주를 들이켰다.

"크으, 써. 해본 소리야, 새꺄. 짐작은 하고 있다."

"네?"

"일 때려치우고 싶은 거 아니야? 성제한테 대충 들었다."

"실장님……."

"받아."

술을 따르는 병욱의 두 눈에 기광으로서도 처음 느끼는 회한이 짙게 서려 있었다.

실연 169

병욱은 과거의 기억을 훑듯이 멍한 시선을 떨어뜨린 채 혼잣말을 하듯 자기 얘기를 늘어놓았다.

"우리 꼰대는 말이지. 내가 돈놀이하는 게 쪽팔려서 취업 준비중이라고 말하고 다녔어. 대단한 양반 아니냐? 대부업자보다 나이 처먹어도 부모 등골 빼먹고 앉아 있는 씹백수 새끼가 더 낫다고 생각하는 게 말이야. 난 그냥 좆나게 웃겼지. 사기당해서 평생을 힘들게 사신 양반이 그런 식으로 말하는 게 이해도 안됐고. 내가 특별히 뺏는 걸 좋아하는 게 아냐. 뺏길 바엔 빼앗는 게 낫다고 생각하는 거지. 어차피 이 세상 약육강식이야. 동물의 왕국이야. 그렇잖아. 나 그렇게 나쁜 새끼 아니야. 기광이 너도 알지?"

"압니다. 실장님 좋은 분이세요."

"침이나 바르고 씨부려라, 새끼. 마셔."

"네."

금세 술병 하나가 바닥을 드러냈다.

안주를 가져오던 여주인이 눈치 빠르게 소주도 함께 내놓았다. 병욱은 소주를 거꾸로 들고 터는 기광을 바라본 끝에, 조금은 쓸쓸한 느낌으로 나직이 말했다.

"대신 오늘은 끝까지 달리는 거다."

기광이 소주를 털다 말고 병욱을 바라보았다.

지금 병욱의 한마디에 담긴 뜻을 기광은 완벽히 이해하고 있었다. 코끝이 찡해져 오는 것을 숨기기 위해 기광은 한껏 콧잔등을 울리며 고개를 끄덕였다.
"알겠습니다. 날이 밝을 때까지도 문제없습니다."
"술값도 다 네가 내. 뼛속까지 벗겨먹을 거다."
"물론입니다."
"좆나 비싼 데로만 가야지. 뭐해, 새끼야. 따라 봐. 씨발⋯⋯. 앞으로 술 마시고 싶을 땐 누굴 부르나."
"언제든지 전화 주십쇼."
"까고 있네. 외부인은 꺼져."
"하하."
"쪼개지 말고 마셔."
쨍!
깨질 정도로 세게 두 사람의 잔이 맞부딪쳤다.
쓰디쓴 술을 들이켜며 기광은 속으로 병욱에게 몇 번이나 감사를 표했다. 나락으로 떨어지던 자신을 구원해 주었고, 이 날 이때까지 물심양면으로 보듬어 준 인생 최초의 진정한 보스에게. 진심을 다해서.
기광의 이직 문제는 이렇게 해결되었다.
오직 딱 하나의, 작지만 중요한 과정만을 남긴 채로.

"왜 불렀어?"

"싸우자."

"뭐?"

채빈이 아닌 밤중에 홍두깨라는 얼굴로 얼굴을 찌푸렸다.

장소는 언젠가 채빈과 기광이 싸웠던 주차장이었다. 채빈은 갑작스런 기광의 전화를 받고 나온 참이었다. 그런데 보자마자 기광은 싸움을 걸고 있는 것이었다.

이것은 기광이 이직을 위해 반드시 거쳐야 할 마지막 관문이었다. 어느 누구도 개입할 수 없는 그만의 규칙이었다. 채빈은 당연히 모를 노릇이었지만.

"그냥 싸우자고."

"왜 싸워야 되는데?"

"일전에 여기서 질렀던 일은 끝을 맺어야지. 뒤 안 닦은 것처럼 찝찝하거든."

기광이 웃옷을 벗어 자동차 보닛 위에 내려놓았다. 여전히 내키지 않는 표정으로 비스듬히 서 있는 채빈에게 기광이 재차 말했다.

"네가 이기면 회사 그만둔다."

채빈이 하늘을 향해 피식 웃었다.

"안 그만둬도 돼. 당신 인생인데 누가 말려."

"혀가 길어, 새끼가. 덤비라고."

기광이 두 주먹을 들고 한 걸음 앞으로 나섰다.

이렇게까지 나오는 데에야 채빈도 더는 버틸 재간이 없었다. 한편으로는 솔직히 기광을 몇 대 때려주고 싶은 마음도 있었다.

채빈이 웃옷의 단추를 여미고 싸울 태세를 취하며 말했다.

"받아주긴 하겠는데 후회하지 마."

"설마."

쿠우우웅!

채빈이 정확히 20년의 내공만을 끌어올렸다. 이건 기광의 강함을 인정하고 있는 채빈 나름대로의 예우였다.

기광이 신중하게 발을 옮기며 채빈과의 간격을 좁혔다. 그러다가 어느 순간 빛살처럼 주먹을 날렸다.

터억!

기광의 얼굴이 뒤틀렸다.

그의 거대한 주먹이 채빈의 손아귀에 붙잡혀 있었다.

기광은 잡힌 손을 그대로 놔두고 반대쪽 팔을 들어 주먹을 재차 날렸다.

"느려."

그 말과 동시에 채빈의 무릎이 한 발 빠르게 기광의 복부로 파고들었다.

퍼어억!

"큭!"

기광이 신음을 토하며 자기 배를 움켜잡았다. 입가로 침이 새어나오는 걸 막을 수가 없었다. 격렬한 통증이 배에서부터 전신으로 퍼지고 있었다.

'이, 이런 새끼가 어떻게 세상에……!'

채빈의 힘이 강하다는 건 이미 알고 있었지만 그래도 기광은 새삼 경악했다. 그래서 한편으로는 희열을 느꼈다. 역시 이놈이라는 생각이 들었다. 힘만 믿고 세상을 살아온 자신의 끝을 화려하게 장식해줄 수 있는 놈이라고.

"이야아아아아!"

기광이 생전 안 하던 기합까지 내지르며 주먹을 날렸다.

채빈은 가볍게 발을 움직여 주먹을 흘려보낸 뒤 반격의 주먹을 치켜들었다.

퍽! 퍼버벅! 퍼어억!

"크허헉!"

기광의 입에서 신랄한 비명이 터져 나왔다.

찰나의 순간에 무려 세 방의 주먹이 그의 안면을 강타한 직후였다. 그는 터진 입술과 코에서 핏물을 흘리며 만취한 사람처럼 비틀거렸다.

어지러워서 제대로 서 있기조차 힘든 상태. 그러나 기광은 굳은 자존심으로 발악하는 주먹을 내질렀다. 채빈은 피하지도 않고 그 자리에서 로우킥을 날렸다.

빠가각!

"아흐흑!"

쿠우우우웅!

정강이를 얻어맞은 기광이 바닥을 꺼뜨릴 기세로 무릎을 꿇었다.

연이어 머리까지 떨어지려는 것을 그는 겨우 두 손으로 바닥을 짚고 버텼다. 코에 맺힌 핏물이 흙바닥에 똑똑 떨어지고 있었다.

"하아……! 하아……!"

기광은 한사코 일어서려 했지만 몸이 도저히 말을 듣지 않았다. 지금 그에게 가능한 일은 오로지 거친 호흡뿐이었다.

그리고 뼈저리게 확실히 납득했다. 자신은 도저히 채빈의 상대가 아니라는 것을.

'하지만 아직 모자라지…….'

기광은 속으로 웃음을 흘리며 가까스로 일어섰다. 채빈이 처연한 눈길로 자신을 바라보고 있었지만 수치스러운 기분도 전혀 들지 않았다.

지척에서 둘의 시선이 마주쳤다. 기광은 악을 쓰듯 고함을 내지르며 채빈에게 온몸을 내던졌다. 시야 정중앙의 소실점이 눈 깜짝할 사이에 커져 왔다. 그것은 채빈의 주먹이었다.

빠아아아아~ 악!

기광의 눈앞에서 땅이 직각으로 섰다.

자신의 얼굴과 지면 사이의 간격이 좁혀지는 걸 느끼며 기광은 진심으로 기쁨의 웃음을 터뜨렸다.

이 한 방으로 자신은 완전히 과거에서 벗어났음을 깨달았다. 그리고 나른한 잠에 빠지듯 의식을 잃어버렸다.

제5장

약점

이계
마왕성

"후우……."

은효는 받지 않는 핸드폰을 떨어뜨리며 길게 한숨을 내쉬었다.

전화하지 말아야지 몇 번이나 다짐했으면서도 또 이렇게 채빈에게 전화를 해버렸다. 악, 하고 소리라도 지르고 싶을 정도로 화가 났다.

원룸 안은 난장판이었다. 제대로 걸지 않고 꾸역꾸역 옷가지들을 밀어 넣은 옷장 문은 제대로 닫히지 않아 반쯤 열려 있었고, 침대 끝머리 밑에는 빨래더미들이 수북하게 쌓여 있었다.
 주방의 싱크대에는 제때 설거지를 하지 않아 밀린 식기가 첩첩산중이었다.
 고향의 집에서는 깔끔하기 그지없었던 은효였다. 그런 그녀의 서울 생활은 본인도 똑똑히 인지하고 있을 만큼 시작부터 엉망이었다.
 '왜 이렇게 안정이 안 될까.'
 은효는 무릎을 세우고 앉아 자해하듯 뒷머리를 벽에 부딪쳤다.
 대학생이 되어 싹둑 자른 머리칼이 어깨 위에 닿을 듯 말 듯 흔들거리고 있었다. 기분전환을 위해 머리까지 잘랐건만 그 효과는 고작 사나흘이었다.
 드르르륵!
 핸드폰이 진동을 했다.
 은효는 뜨악한 얼굴로 핸드폰을 집어 들었다. 이내 짙은 실망감이 그녀의 얼굴을 휘감았다. 기다리던 채빈이 아닌 꿈에 볼까 겁나는 정우의 전화였다.
 "아, 제발 전화 좀 그만해!"
 은효가 핸드폰을 내던지며 소리쳤다. 서울에서 올라오고 나서부터 정우는 그녀의 근황에 부쩍 집요해졌다.
 수시로 문자와 전화를 해대는 건 물론이고, 원룸 건물 앞까지 찾아와 차 한 잔만 달라고 진상을 부리는 일도 다반사였다.

방이 지저분하다는 이런저런 핑계로 한 번도 안에 들인 적은 없었지만.

정우의 전화는 세 차례나 내리 계속되고 나서야 겨우 잠잠해졌다. 그런 후 마무리는 어김없이 한 통의 문자였다. 은효는 내용을 보지도 않고 문자를 삭제했다.

'아이쇼핑이라도 좀 할까.'

커튼이 드리워진 창문 틈에서 햇살이 찬란하게 빛나고 있었다.

특별히 할 일도, 누군가와 만날 약속도 없었지만 은효는 이불을 걷고 침대에서 나왔다. 이대로 방 안에 틀어박혀 있다가는 정신이 나가버릴 것 같았다.

혼자 돌아다닐 생각이니만큼 준비에 시간은 그다지 걸리지 않았다.

은효는 편안한 셔츠와 청바지를 입고 나갈 채비를 끝마쳤다. 화장도 하지 않고 선크림만 발랐다.

'어디로 갈까.'

집 앞에 잠시 서서 고민하다 보니 자연스레 떠오른 장소가 명동이었다. 가깝기도 했거니와 아직 그녀는 서울에 대해 잘 아는 바가 없었다. 그나마 명동은 몇 번 가본 적이 있어 익숙한 편이었다.

얼마 전 운전면허를 따고 아버지로부터 선물 받은 경차에 잠시 눈이 갔지만, 은효는 이내 마음을 돌려 지하철역으로 걸음을 내딛었다. 지금은 걷고 싶었다. 북적이는 거리를 활보하면서 이 암울한 기분을 떨쳐 버리고 싶었다.

지하철은 금세 은효를 명동에 데려다 놓았다. 지상으로 올라온 그녀는 커피를 하나 사들고 인파 속으로 섞여 들어갔다. 언제나 그랬지만 날씨까지 좋아서인지 명동은 발 디딜 틈이 없을 만큼 붐비고 있었다. 은효에겐 마치 서울의 모든 사람들이 이 한곳으로 쏟아져 나온 듯한 인상이었다.

은효는 이따금 옷가게에 들어가 옷을 구경하기도 하고, 노점에서 눈에 뜨인 머리핀을 사기도 하고, 아이스크림을 들고 거리 공연을 구경하기도 하면서 시간을 보냈다. 그러다 보니 어느새 명동 거리 전체의 절반 이상을 통과하고 있었다.

'이제 뭐하지?'

시계를 보니 고작 한 시간밖에 지나지 않았는데 은효는 할 일을 다 끝내 버린 기분이었다. 사고 싶은 것도 구경할 것도 없었고 혼자서 특별히 먹고 싶은 것도 없었다.

축 늘어진 어깨로 숨을 토해내는 그녀의 양옆으로 사람들은 바삐 제 갈 길을 가고 있었다. 은효는 불현듯 부럽다는 생각이 들었다. 갈 곳이 정해져 있고 할 일이 남아 있는 주위의 모든 사람들이 몹시도 부러웠다.

'어?'

은효가 고개를 들었다. 시끄러운 전자음향이 귓가를 자극하고 있었다. 소리를 따라 눈길을 준 곳에는 낯익은 대형 게임센터가 버티고 서 있었다.

'유비트라도 한 번 하고 갈까.'

명동에 올 때마다 게임 몇 판은 하러 찾곤 했던 곳인데 오늘은 여태까지 잊고 있었다. 은효는 이끌리듯 게임센터로 걸음을 옮겼다.

'왜 이렇게 사람이 많지?'

통로를 지나가기가 빠듯할 정도였다. 항시 성업이었지만 이 정도는 아니었다. 은효는 곧 그 이유를 알 수 있었다.

게임센터 내부의 중앙에서 센터 자체 게임대회가 벌어지고 있는 중이었다. 종목은 레이싱 게임이었다. 게임센터 사장이 직접 마이크를 들고 열띤 목소리로 중계를 하고 있었다.

"우왕, 참기름이라도 처바른 것처럼 부드러운 코너링! 금발의 외국인 선수 정말 실력이 기가 막히네요! 우어어어억! 레알 쩌는 관성 드리프트! 로이드! 당신은 이니셜 D를 하기 위해 태어난 사람! 아, 차상규 선수 계속 밀리네요. 무려 한 바퀴 차이! 상황 안 좋죠? 차상규 선수 낯빛이 뒤틀리고 있어요."

은효의 두 귀가 번쩍 뜨였다. 외국인 선수라는 말이 하나의 기억을 끌어내면서 그녀의 흥미를 끌었던 것이다.

은효는 낑낑거리며 사람들의 사이로 파고들어 군중의 가장 앞 열로 나섰다. 좌석에 앉아 시합에 몰입하고 있는 선수의 뒷모습이 보였다.

'그 사람이네?'

치렁치렁한 금발 머리칼을 보자마자 은효는 확신했다. 일전에 우연히 만나 게임하는 방법을 가르쳐 줬던 외국인이 틀림없었다.

빨간 패딩 점퍼에 눈을 어지럽히는 체크무늬 바지 조합의 우스꽝스럽고 튀는 패션까지 그대로였다.

그러나 정작 은효를 놀라게 만든 건 다른 데에 있었다.

은효는 한껏 부릅뜬 눈으로 전광판의 32강 대진표를 바라보았다. 로이드와 차상규라는 두 선수의 결승전 부분에 불이 들어와 있었다. 즉, 지금 눈앞의 시합이 마지막이었던 것이다.

'어떻게 이렇게 실력이 늘었지?'

단시간에 이토록 실력이 오를 수도 있다니.

불과 얼마 전까지만 해도 갓 핸들을 잡은 초등학생 수준의 실력이었다. 여자인 은효가 답답함을 느끼고 게임하는 방법을 일러줬을 정도였다.

그런데 결승전이라니! 은효는 능숙하게 핸들을 조종하며 질주하는 외국인을 보면서 벌어진 입을 다물 수가 없었다.

"경기 끄으~ 웃! 로이드 선수 승리~ 이이이잇!"

사장의 격앙된 목소리가 중계의 피날레를 장식했다.

군중들의 박수갈채 속에서 금발의 외국인, 로이드가 담담히 일어서고 있었다. 그에 반해 로이드에게 대패한 차상규라는 선수는 자리에 앉은 채 고개를 푹 숙이고 뭔가를 꿍얼거리는 중이었다.

"차상규 선수? 뭔가 문제라도?"

사장이 등 뒤로 다가가 놀리듯이 물었다. 차상규 선수가 분한 표정으로 고개를 들고 모기만 한 소리로 대꾸했다.

"사장님 중계가 너무 시끄러워서 집중이 잘 안 됐어요."

"네에? 뭐라고요?"

"전 원래 좀 예민한 편인데⋯⋯. 게다가 기어변속이 매끄럽질 않잖아요. 자리도 잘못 골랐고."

사장의 얼굴에 난처한 기색이 일었다. 그때, 묵묵히 뒤에 서 있던 로이드가 사장을 제치고 앞으로 나섰다.

"한 바퀴 차이로 대패한 자의 변명이 심하게 치졸하군."

"뭐, 뭐요?"

차상규 선수가 발끈해서 얼굴을 붉히며 일어섰다.

로이드는 어디까지나 무덤덤한 표정을 유지한 채 말을 이었다.

"다시 해볼 텐가?"

"무슨 말도 안 되는……!"

"기어변속에 문제가 있었다고 하니 자리도 바꿔주지. 다시 겨뤄서 그쪽이 이기면 내가 받은 상금을 전부 주겠어. 어때? 자신이 있다면 충분히 받아들일 만한 제안 아닌가?"

"크으윽……!"

차상규 선수는 새빨갛게 달아오른 얼굴을 수그리며 침음을 흘렸다.

불끈 쥔 두 주먹이 바들바들 떨리고 있었다. 화가 났지만 그는 로이드의 제안을 받아들일 수 없었다. 실력의 격차가 너무 컸음을 본인이 가장 제대로 알고 있었다. 망신이라면 지금까지 얻은 것만으로도 충분했다.

"제기랄, 비, 비켜요!"

그는 가방을 집어 들고는 인파를 뚫고 도망치듯 게임센터에서 퇴장했다. 군중들의 신랄한 비웃음이 그의 등 뒤에서 울려 퍼지고 있었다. 그 한가운데에 서 있던 은효와 로이드의 시선이 비로소 지척에서 마주쳤다.

"…아가씨는?"

로이드가 은효의 얼굴을 기억해 내고 먼저 말을 꺼냈다.

은효의 입가에 반가움으로 옅은 미소가 피어났다. 이 외국인이 자신을 기억해 주고 있다는 게 신기하리만치 고마워서였다.
 그러나 로이드의 다음 말은 단박에 은효의 환상을 깼다.
 "나를 비웃으러 왔나?"
 "네?"
 은효가 영문을 모르겠다는 얼굴로 반문했다.
 로이드는 이마를 짚은 채 쿡쿡거리며 웃고 있었다.
 "미안해서 어쩌지. 보란 듯이 최고가 되었으니 말이야."
 "아……. 네, 그거 퍽이나 미안하실 일이군요."
 은효의 어처구니없는 반응에도 아랑곳없이, 로이드는 양팔까지 좌우로 뻗고 주위를 돌아보며 말을 계속했다.
 "날 막아설 자는 아무도 없어. 나는 이곳에서 최고가 되었지. 이것이 내가 살아온 방식이야. 전에도 말했듯이 나는 최고가 되기 전에는 멈추지 않는 성미거든. 철부지 아가씨의 경박한 기대에 부응하지 못해서 미안하군."
 게임센터 내부에 괴특한 침묵이 일었다. 이상한 낌새를 느낀 군중이 하나같이 얼빠진 얼굴로 로이드를 멍하니 바라보고 있었다.
 로이드는 당당히 허리를 펴고 걸음을 떼었다. 모세의 기적처럼 군중이 양옆으로 갈라서서 길을 만들고 있었다.
 "이봐요, 로이드 선수. 상금을 받아 가셔야지."

"필요없소."

"뭐라고요? 필요가 없다니, 상금이 30만 원이나 되는데?"

"그깟 재물을 보고 움직이는 남자는 아니라서."

"네? 아니, 이봐요!"

"사장님, 제가 전해줄 테니까 대신 저한테 주세요."

"어? 어?"

은효가 로이드 대신 사장의 손에서 상금 봉투를 받아들었다. 그러고는 사장이 뭐라 말을 잇기도 전에 로이드의 뒤를 따라 게임센터를 나섰다.

"잠깐만요!"

은효가 소리쳐 불렀다. 긴 다리만큼 넓은 보폭으로 걸어가던 로이드가 걸음을 멈추고 돌아보았다.

"무슨 일이지?"

은효가 잰걸음으로 로이드의 코앞까지 다가섰다. 자신보다 한참이나 큰 로이드의 턱끝을 올려다보며 그녀가 상금 봉투를 내밀었다.

"가져가셔야죠."

"필요없다고 말했을 텐데."

"그런 게 어딨어요? 30만 원이 적은 돈도 아니고 왜 자기 돈을 마다해요?"

"그렇게 좋으면 아가씨가 가져."

"네? 정말요?"

로이드가 휑하니 돌아섰다. 은효는 봉투를 손에 쥔 채 서 있다가, 발을 내달려 로이드의 앞을 가로막았다.

"또 뭐지?"

"못 받아요, 이거."

"그럼 버려."

"그러지 말고 우리 이 돈으로 같이 저녁 먹지 않을래요?"

"저녁?"

로이드가 기이한 눈초리로 은효의 콧잔등을 훑었다.

"우리가 함께 밥을 먹어야 할 이유가 있나?"

"이유요? 흐음?"

은효가 동그란 눈을 치켜뜨고 잠시 생각하더니 손가락을 하나하나 구부려 가며 대답했다.

"마침 밥 먹을 시간도 됐고, 이 돈을 그냥 버릴 수도 없고, 그렇다고 제가 독차지하는 것도 좀 그렇고. 오키?"

"……"

"나는 아저씨한테 꽁돈 받았으니까 그거 사례한다고 치고, 아저씨는 전에 나한테 게임하는 법도 배웠고, 마침 내가 배도 고프니 같이 밥 먹으면서 사례한다고 치고, 쌤쌤이잖아요?"

"쌤쌤이? 무슨 뜻이지?"

"아무렴 어때요, 가요!"

약점 189

"어어어?"

은효가 로이드의 옷소매를 잡아끌고 앞장섰다.

작은 은효의 손아귀에 끌려가면서 로이드는 '뭐 이런 대담한 아가씨가 있나' 내심 혀를 찼다.

뿌리치고 돌아갈까도 싶었지만 그건 그것대로 마음이 내키지 않았다. 기본적인 게임 방법을 이 아가씨에게 배웠던 건 사실이다. 한 번 식사로 사례가 된다면 나쁘지 않은 일이다.

로이드는 그렇게 결론을 내리고 은효를 따라 좁은 골목의 한 식당으로 들어섰다.

"어서 오세요."

"섞어찌개 2인분이랑 우동 사리 미리 주세요. 뭐해요, 아저씨. 거기 앉아요."

"어, 음."

로이드가 주위를 두리번거리던 시선을 거두고 의자를 빼몸을 앉혔다. 맞은편 자리의 은효가 수저를 꺼내 로이드와 자신의 앞에 놓으며 말을 이었다.

"여기 되게 맛있어요. 아저씨한테 좀 맵긴 하겠지만."

"매운 건 내게 문제가 안 돼."

"오홍?"

"맛이 중요하지, 내 혀를 만족시킬 수 있는 품격을 갖춘."

은효는 단호하게 대답하는 로이드를 물끄러미 바라보다

픽, 하고 웃음을 터뜨렸다.

"왜 웃지?"

"아니, 그냥……. 아저씨는 참 특이해요."

"특이하다고?"

"음, 마치 다른 세계에서 온 사람 같달까?"

일순 로이드의 두 동공이 확대되었다.

설마 자신의 정체를 어렴풋이 느끼고 있는 것인가 하고 의구심이 들었던 것이다.

어쨌거나 눈앞의 외국인이 이계에서 온 사람이라는 걸 꿈에도 알 리 없는 은효는 계속 킥킥거리며 떠들듯이 말하고 있었다.

"말하는 게 막 자기가 우주 최강인 듯한 느낌? 아니, 우주 최강이라는 표현은 좀 유치하다. 아무튼 그렇잖아요. 최고가 되기 위해 살아왔다느니, 보란 듯이 최고가 되었다느니, 아까는 또 뭐랬더라? 그깟 재물을 보고 움직이는 남자가 아니라고? 아, 웃겨. 아저씨 솔직히 말해봐요. 사람들 웃기는 거 좋아해서 일부러 그런 식으로 말하는 거죠?"

"어째서… 일부러 그렇게 말한다고 생각하는 거지?"

"어째서라니요? 제정신인 사람이 그런 식으로 말할 리가 없잖아요! 푸하하하하하하하!"

은효가 배를 잡고 크게 웃기 시작했다. 로이드는 발끈해서

약점 191

붉으락푸르락해 진 고개를 옆으로 홱 돌렸다.
 '경박하기 짝이 없는 여자군!'
 이런 수치를 겪은 적은 한 차례도 없었다. 로쿨룸 대륙의 모든 여자들은 로이드가 어떤 인간인지 일단 알고 나면 감히 그와 눈을 마주치지도 못했다. 오직 단 한 명, 여동생 엘리아만을 제외하고.
 그런 자신이 이계에서 웬 선머슴 같은 아가씨를 만나 이런 모욕을 당하게 될 줄이야.
 당장 자리를 박차고 뛰쳐 나가고 싶었지만 이미 주문한 찌개가 나오는 중이었다. 이렇게 된 바에야 후딱 먹고 나갈 수밖에 없다는 생각으로 로이드는 수저를 손에 쥐었다.
 "자, 먹어봐요."
 은효가 보글보글 끓는 찌개를 접시에 덜어 로이드에게 건네주었다.
 로이드는 뚫어져라 붉은 국물을 들여다보더니 천천히 한 숟가락 떠 입으로 가져갔다. 찰나의 순간 그의 낯 위로 감탄의 빛이 스쳐갔다.
 "어때요?"
 "대단찮은 맛은 아니군."
 로이드가 재빨리 얼굴에서 감정을 지우고 차갑게 대답했다. 솔직히 말하자면 맛이 좋았지만 은효가 괘씸한 나머지 순순히 인정하고 싶지 않았다.
"그래요? 되게 맛있는데. 매우면 밥이랑 같이 드세요."
"그러지."
로이드는 표정 관리를 하는 한편 천천히 혀 위에서 맛을 음미하며 식사를 즐겼다. 특별한 불만을 보이지 않는 그를 보고 은효도 안심하고 밥을 먹을 수 있었다.
"근데 아저씨 이름이 로이드 맞아요?"
"흔한 이름 아닌가?"
로이드가 즉각 되물었다. 굳이 가명을 쓰지 않았던 것은 이 세계에 자신과 같은 이름이 꽤나 많다는 점을 알았기 때문이었다.
은연중에 뇌리에 남아 있던 그 생각이 입 밖으로 튀어나온 참이었다.
"흔한가? 잘 모르겠네."
"왜 묻는 거지?"
"그냥 별 뜻 없이 물어봤어요. 아니 글고, 사람이 만났으면 서로 통성명하는 게 정상이잖아요?"
로이드는 묵묵부답, 대화를 끊고는 남은 우동사리를 찌개에 쏟아 넣었다. 은효는 괜히 부아가 치밀어 자기 가슴을 가리키며 조금 언성을 높여 말했다.
"저는 은효예요. 공은효."

"그렇군."
"제 이름이 뭐라고요?"
"공은효."
"네, 제대로 안 들은 줄 알았어요."
"잘 들었어."
"그런가 보네요."

은효가 빈정거리며 국자로 거칠게 우동사리를 퍼 올렸다. 허공에서 면발이 줄줄이 끊어져 떨어지고 있었다.

"근데요. 그게 그렇게 재밌어요?"
"음?"
"이니셜 D요. 그 레이싱 게임."
"아아, 그건……."

로이드가 찌개를 먹다 말고 숟가락을 내려놓았다. 잠시 입맛을 다시고 생각한 끝에 그는 담담히 말했다.

"전차 운전법을 배우고 싶어서."
"전차요?"
"그래, 전차. 전기로 움직이는 차."
"풉."
"또 왜 웃는 거지?"
"아니, 아니에요. 근데 아예 운전면허를 따면 되지, 무슨 게임으로 연습을 해요?"

"나는 면허증이 필요한 게 아니라 전차를 운전하는 능력이 필요한 거지."

"면허증이 없으면 운전할 수 없는데도?"

"그런 건 상관없어."

"흐음, 진짜 독특한 사람이네."

은효가 손가락으로 제 뺨을 또드락거리며 중얼거렸다. 문득 서로의 밥그릇을 보니 말끔히 비워져 있었다.

슬슬 일어날 때가 왔음을 느끼는 동시에, 은효의 머리에 한 가지 생각이 번뜩였다.

"좋은 생각이 났어요, 아저씨."

"음?"

은효가 로이드로부터 받은 상금 봉투를 눈앞에 들어보였다.

"이거 받은 대가로 내가 아저씨 운전 연습시켜 줄게요."

"운전 연습을 시켜준다고?"

"네, 저 차 있어요. 어디 공터 같은 데에 가서 몰래 연습하면 되죠, 뭐. 어때요? 게임 따위가 아니라 실전이라구요."

은효의 말이 끝나기가 무섭게 로이드는 컵을 들고 물을 한 모금 마셨다. 그러고는 바로 점퍼를 챙겨 들며 자리에서 일어서는 것이었다.

"당장 가지."

"자, 잠깐만요. 같이 가요!"

로이드는 벌써 출입구를 나서고 있었다.

은효는 급히 계산을 하고 그의 뒤를 따라 어둑해진 거리로 나섰다.

어째서일까. 학창시절 소풍날처럼 가슴이 두근거리는 이유를 은효는 스스로도 짐작할 수 없었다.

집 앞까지 택시를 타고 갔다.

요금을 내고 내린 원룸 건물 앞에 빨간색 경차가 오롯이 주차되어 있었다. 은효가 그리로 향하며 로이드에게 자랑스럽게 말했다.

"내 차예요. 이쁘죠?"

"좀 작군."

"일부러 작은 걸 산 거예요. 운전하기도 쉽고 유지비도 덜 드니까."

"유지비?"

"그냥 뭐, 기름값이랑 세금이랑 그런 것들요."

"…전차에도 세금이 붙다니, 기가 막힌 폭정이군."

"뭐라고 하셨어요?"

"아무 말도."

"일단 연습할 장소까지는 제가 몰고 갈게요. 조수석에 타세요."

"그러지."

두 사람이 차문을 열고 막 몸을 실으려 할 때였다.

끼이이이익!

지면 위로 길게 끌리는 타이어 소리와 함께 눈부신 헤드라이트 빛이 두 사람을 뒤덮었다. 이윽고 멈춘 고급 오픈카 안에서 한 남자가 성이 난 얼굴로 내려섰다.

"공은효, 왜 전화 안 받아?"

씩씩거리며 따져 묻는 그는 정우였다. 은효가 계속 연락을 받지 않자 술김에 화가 나서 찾아온 참이었다.

은효는 피곤한 낯빛을 한 손으로 가린 채 긴 한숨을 뽑아냈다.

"내가 그렇게 우스워 보여? 어? 왜 사람을 무시해? 전화 좀 받는 일이 그렇게 어렵든? 왜 사람을 집 앞까지 찾아오게 만드는 거야?"

"집 앞까지 찾아오게 만드냐구? 웃겨, 내가 전화를 받든 안 받든 오빠는 항상 제멋대로 찾아왔잖아?"

은효가 냉담하게 대꾸했다. 정우는 거기에 응대하지 않고 거친 숨을 몰아쉬며 제 할 말만을 계속했다.

"내가 너를 얼마나 걱정하고 신경 쓰는지 알면서! 어? 그걸 조금이라도 알아줬다면 나한테 이럴 수 없는 거 아니냐? 나처럼 널 생각해 주는 사람이 있다는 걸 고맙게 여기지는 못할망정! 어!"

"되지도 않는 소리 그만 좀 해!"

은효도 기어이 참지 못하고 쇳소리를 내질렀다.

"누가 생각해 달랬어? 뭐? 고맙게 여겨 달라구? 너 같으면 그럴 수 있겠니?"

"뭐? 너, 너? 지금 오빠한테 너라고 했냐?"

"그래, 너! 정말 지긋지긋해! 이제 제발 부탁이니까 나 좀 가만히 놔둬줘! 왜 이렇게 사람을 못살게 구는 거야!"

은효의 거친 말발에 정우가 말을 잇지 못하고 주춤거렸다.

로이드는 감정이 드러나지 않은 태연한 얼굴로 은효와 정우 사이의 설전을 가만히 지켜보고만 있었다. 그로서는 사정도 모르거니와 끼어들 필요가 없는 남의 일이었다.

"아무튼 그만 가줘. 나 약속 있어서 가봐야 돼."

"으, 은효야."

은효는 울상이 된 정우를 무시하고 운전석에 올라타서 차의 시동을 걸었다.

"타요, 아저씨."

은효가 말했다.

그제야 정우의 시선이 은효의 곁에 내내 서 있었던 금발의 외국인에게로 쏠렸다. 처음엔 멍했던 정우의 표정이 점차 담쟁이넝쿨처럼 뒤엉키기 시작했다.

"뭐야, 이 양키는?"

정우가 시선은 로이드에게 둔 채 은효에게 물었다.

"타라니까요, 아저씨."

"이 양키가 누구냐고 물었잖아! 채빈이 그 구질구질한 거지새끼에 이어서 이젠 외국인이냐? 이야, 공은효 잘나가는구나! 어? 아주 서울 와서 잘 놀고 다녔네!"

정우가 침을 튀겨가며 고함을 질러댔다.

주위를 둘러싼 건물 곳곳의 창문에서 사람들이 무슨 일인가 하고 고개를 내밀고 있었다. 정우는 그들에게도 삿대질을 하며 일갈을 터뜨렸다.

"뭘 봐, 씨발! 구경났어!"

"조용히 좀 해! 사람이 왜 이렇게 추해!"

"…뭐라고?"

"추해! 추하다고! 너무 추해! 못 봐주겠어, 정말!"

"크으으……!"

정우가 몽둥이에 얻어맞기라도 한 것처럼 머리를 싸매고 비틀거렸다. 확실히 은효의 말은 그에게 충격적이었다.

자신이 했던 추잡한 언행은 조금도 되새기지 못한 채, 끝내 정우는 보기 흉하게 입술을 뒤틀며 소리치고 말았다.

"닥쳐, 이 걸레야!"

은효의 얼굴에서 핏기가 싹 가셨다. 설마 이렇게까지 최악의 남자였으리라고는 그녀도 생각하지 못했었다.

정우는 새하얘진 은효의 얼굴을 보자 아랫배가 울리는 희열을 느끼며 나오는 대로 지껄이길 멈추지 않았다.

"이 걸레! 너 따위 걸레에게 추하다는 말 듣고 싶지 않아! 그저 조금 잘 대해주는 남자라면 정신을 못 차리는 정신 나간 계집애 주제에! 씨발! 씨발! 씨바아아아알!"

은효는 핸들 앞에서 두 귀를 틀어막은 채 눈을 감고 있었다. 차체가 흔들리기 시작했다. 정우가 숫제 차의 트렁크에 발길질을 해대고 있었던 것이다.

바로 그 순간.

"이제 그만."

로이드가 정우의 앞을 막아섰다.

장신의 로이드가 앞에 버티고 선 것만으로 위압을 느낀 정우가 발길질을 멈추고 뒤로 한 발 물러섰다.

"뭐, 뭐야! 저리 비켜!"

"남의 전차를 훼손시키면 안 되지."

"네 차도 아닌데 뭔 상관이야!"

"당신 차도 아니잖은가."

"남의 일에 신경 꺼! 네가 나랑 은효 사이를 알기나 해?!"

"둘 사이는 모르지만 당신이 쓰레기라는 건 알아."

정우의 입이 활화산처럼 거칠고 뜨거운 숨을 푸, 푸 뿜아냈다. 핏줄이 서도록 두 주먹을 불끈 쥔 정우는 분노를 참지 못하고 로이드에게 덤벼들었다.
"뭐라고 씨부려, 이 새끼가!"
부우웅!
정우의 주먹이 허공을 갈랐다.
술 먹은 그의 주먹은 느리고 엉성하기 짝이 없었다.
로이드는 살짝 옆으로 발을 옮겨 간단히 공격을 피한 후 반격하려 손을 치켜들었다.
'아차, 이러면 안 되지.'
로이드가 조건반사적으로 끌어올렸던 마나를 다시 억눌렀다. 여기는 로쿨룸 대륙이 아니었다. 섣불리 마나를 쓰면 큰 소동이 일어날지도 모르는 일이었다.
무엇보다 눈앞의 상대는 적이라고 부르기도 민망할 만큼 허약한 남자. 맨주먹 아니, 손가락 하나만으로도 충분했다.
"이 손가락 하나로 상대해 주지."
로이드가 오른손 중지를 엄지에 걸고 눈앞에 들어 보이며 말했다. 정우는 이를 빠드득 갈며 다시 뛰어들었다.
"좆 까는 소리하지 마, 양키새끼야!"
휘이이익!
정우가 술기운에 씨도 안 먹히는 돌려차기를 시도했다.

피하기도 귀찮았던 로이드는 그대로 정우의 다리를 붙잡았다. 졸지에 꼼짝도 못하게 된 정우의 이마 위로 로이드의 오른손이 드리워졌다.

따~악!

"캭!"

정우가 외마디 비명을 지르며 뒤로 튕겨나갔다.

잠시 동안 그는 눈앞을 볼 수조차 없었다. 곧이어 뜨거운가 싶었던 이마에서부터 격렬한 통증이 솟아올랐다.

"아아아아… 악!"

정우가 무릎을 꿇고 두 손으로 이마를 감쌌다.

고작 딱밤 한 방이 이런 엄청난 괴력이라니.

중학교 때 악명이 자자했던 학생주임의 딱밤은 명함도 못 내밀 엄청난 파워였다. 어찌나 아픈지 정우의 두 눈에서 눈물까지 줄줄 새어나오고 있었다.

"계속할까?"

로이드가 총을 장전하듯 손가락을 딱딱거리며 물었다.

정우가 젖은 얼굴을 들고 급히 눈시울을 훔쳤다.

그의 시선은 본능적으로 먼저 은효에게 향했다.

은효는 경악한 표정으로 정우와 로이드를 번갈아보고 있었다. 그 은효의 눈빛 하나만으로 정우의 자존심은 밑바닥까지 뒤집어졌다.

"이이이……. 이 새끼야!"

타다다닷!

정우가 벗겨진 한쪽 구두를 신지도 못하고 달려들었다.

로이드는 한심하다는 눈길로 정우를 바라보며 다시 손가락을 치켜들었다. 딱밤 한 대로는 확실히 모자란 모양이라고 판단이 섰다.

딱!

"캬악!"

딱!

"크익!"

딱!

"아흑!"

딱! 딱! 딱! 딱! 딱! 딱! 따아아~ 악!

"아아아악!"

10단 딱밤 콤보가 쉴 새 없이 정우의 안면에 작렬했다.

정우는 바닥에 고꾸라져 얼굴을 감싸고 더러운 흙바닥 위를 이리저리 굴러댔다. 이마뿐만이 아니라 얼굴 전체가 삽으로 뒤엎은 것처럼 아팠다.

"아흐흐흐흐……. 내, 내 얼굴……!"

정우의 얼굴은 가관이었다. 이마와 한쪽 눈이 벌에 쏘인 것처럼 부어올랐고 코에서는 쌍코피가 줄줄 흐르고 있었다.

로이드는 정우의 피가 조금 묻은 자기 손가락을 손수건에 닦으며 넌지시 물었다.

"아직 모자라나?"

"우워어어…… 두, 두고 보자! 이 양키 자식이 감히 내가 누군지 알고……! 내가 애들 싸그리 불러올 거야! 걔들 전부 유단자야! 넌 한입거리도 안 돼!"

정우가 다시 덤벼들 엄두는 감히 내지 못하고 궁색하게 소리쳤다. 은효의 차 조수석에 올라타며 로이드가 대답했다.

"얼마든지. 그것보다 입구를 막은 당신 차를 좀 치워줬으면 좋겠군. 우리도 나가야 하니까."

"크으으으윽……!"

정우는 비틀거리며 자기 차로 향했다. 이성을 잃어버릴 정도로 화가 났지만 그래도 제정신일 수 있는 건 얼굴이 너무 아프기 때문이었다.

"씨바아아알놈아, 죽을 각오하고 기다려!"

정우가 거칠게 욕질을 내뱉으며 엑셀을 밟았다. 그의 오픈카가 규정 속도를 무시하고 순식간에 길 너머로 사라졌다.

정우가 퇴장하고 나자 언제 시끄러웠었냐는 듯이 주위에는 본래의 고요함이 되돌아왔다.

"미안해요."

사과하는 은효가 티슈로 젖은 눈을 찍어 누르고 있었다.

"본의 아니게 흉한 모습을 보였네요."
"그다지."
"네?"
은효가 의미를 파악하지 못하고 로이드를 바라보았다.
전면 유리 너머로 무심한 시선을 둔 채 로이드는 중얼거리듯 대답했다.
"그다지 흉하지 않다고, 사람과 사람 사이의 일은. 살다 보면 의도하지 않게 이런저런 일이 생길 수도 있는 거야."
"…그러네요."
은효가 고개를 들고 억지로 웃어 보이며 화제를 돌렸다.
"근데 아저씨, 싸움 엄청 잘한다. 아저씨 정체가 뭐예요?"
"외국인."
"피. 뭐야, 그게."
"사전적 의미로 다른 나라의 사람."
"누가 단어 뜻 물어봤대요? 참나, 됐어요, 됐어. 출발할 테니까 안전벨트 매세요."
부르르릉!
은효가 차의 시동을 걸고는 안전벨트를 당겨 자기 가슴 앞에 맸다. 로이드도 은효가 하는 것을 그대로 따라 안전벨트를 맸다. 차가 서서히 후진하기 시작했다.
'으음……?!'

바로 그때였다.

정우와의 소란 속에서도 내내 태평함을 유지하고 있었던 로이드의 얼굴이 심하게 일그러지고 있었다. 로이드는 떨리는 손을 들어 자신의 관자놀이를 짚었다. 뒤이어 입술이 바들바들 떨리기 시작했다.

'이럴 리가……. 이렇게 빨리 시작될 리가 없는데!'

로이드는 당혹감을 감출 수 없었다.

이것은 이른바 로이드 스스로 명명한 고독의 시간.

그것이 그의 예상보다 훨씬 빠르게 찾아와 버린 것이다.

'흐읍……!'

언제나처럼 심한 두통이 일어나고 있었다. 몸 안의 기운이 소진되고, 맥박이 약해지면서 시야는 한없이 흐릿해지고 있었다.

로이드는 가까스로 고개를 돌려 은효의 얼굴을 바라보았다. 물에 번진 잉크처럼 흐려진 은효의 얼굴을 알아볼 수도 없었다.

'어, 얼마만인 거지. 아직 30일도 채 지나지 않았잖아. 아니, 아니다. 이럴 때가 아니야.'

로이드는 혼미해지는 정신을 되돌리기 위해 창에 제 머리를 들이박았다. 그러나 들이박을 힘조차도 역부족이었다.

"아저씨, 왜 그래요?"

"아……. 아……."

"뭐라고요? 어디 불편해요?"

"아아… 어어……."

로이드는 이제 목소리마저 나오지 않기 시작했다. 비로소 심상치 않은 기색을 느낀 은효가 브레이크를 밟아 차를 길가에 세웠다.

"어? 아저씨 얼굴에……!"

은효가 소리치듯 말하다 제 입을 가렸다. 로이드의 왼쪽 눈가와 관자놀이에서부터 턱 밑까지 크고 작은 한 쌍의 기이한 갈고리 문양이 생겨나 있는 것이 아닌가.

게다가 그 문양은 마치 살아 있는 것처럼 꿈틀거리며 검푸른 빛을 발하고 있었다.

"아, 아저씨! 아픈 거죠? 벼, 병원으로 갈게요!"

덥석!

"꺄악!"

로이드가 쓰러지듯 은효에게 기댄 채 그녀의 팔을 붙잡았다. 그러고는 꺼져 드는 목소리로 토해내듯 겨우 한마디 말을 내뱉었다.

"쉬게……."

"네?"

"쉬게… 해줘……. 그럼… 돼……."

"아저씨? 아저씨?"

더 이상 응답은 없었다. 은효의 무릎 사이에 얼굴을 처박은 채 로이드는 의식을 완전히 잃었다. 은효는 브레이크에서 발을 떼고 다급히 가까운 병원을 향해 엑셀을 밟았다.

제6장
백기사

이계
마왕성

"더 먹어."
"배불러. 한 조각 남은 건 네가 먹어."
"삐쩍 말라서 무슨 소리야."
"놀려? 쉬는 동안 몸무게가 2킬로나 쪘는데."
"참나, 2킬로가 뭐 대수라고."
채빈이 피자를 들어 입안 가득 밀어 넣었다.
사실 진짜 배가 부른 건 채빈 쪽이었다. 재경은 고작 두 조각밖에 먹지 않았고 피자 한 판을 채빈 혼자 먹어치우다시피 했다.

양볼을 부풀리며 불만스럽게 피자를 먹는 채빈을 보고 맞은편의 재경이 까르르 웃었다.
 성일의 습격 사건으로부터 닷새가 지난 시점이었다. 재경의 기분 전환을 위해 채빈이 만든 자리였다.
 진작 병원에서 퇴원한 재경은 채빈의 예상보다 훨씬 빠르게 기운을 되찾고 있었다.
 억지로 활기찬 척만 하고 있는 건지 속내까지 알 수는 없다 한들, 어쨌든 채빈이 보기에 그녀는 분명히 노력하고 있었다.
 "가게는 괜찮아?"
 채빈이 불쑥 물었다.
 당분간 가게는 재경의 어머니가 맡기로 얘기가 되어 있었다. 비록 재경의 상태가 빠르게 호전되고 있다고는 해도 바로 일을 재개하기엔 무리가 따랐던 것이다.
 "괜찮아. 엄마가 나보다 훨씬 손도 빠르고, 직원도 하나 구했고, 평일이랑 주말 각각 알바도 구했고."
 "인건비 아끼지 마. 스페셜 붕어빵값이 얼만데."
 "알겠어. 걱정 안 해도 돼."
 "벌써 어두워졌네."
 채빈이 창밖의 밤거리를 내다보며 중얼거렸다. 재경을 아침에 만나 하루 온종일을 함께 보냈다.
 정신없이 놀면서 돌아다니다 보니 어느새 밤 8시가 넘어가고 있었다.
"누나 슬슬 들어가 봐야지."
"어? 벌써?"
되묻는 재경의 얼굴에 아쉬움이 묻어나고 있었다. 그녀는 아직 채빈과 헤어지고 싶지 않았다.
긴 시간을 함께 보냈음에도 불구하고 아직도 부족한 느낌이었다.
"어머니 돌아오실 때도 됐잖아. 그리고 종일 돌아다니느라 피곤할 텐데 일찍 들어가서 쉬어."
"그래……."
"슬슬 일어나자. 데려다 줄게."
채빈이 먼저 계산서를 들고 일어섰다. 재경은 조금 더 함께 있고 싶다는 말을 끝내 속으로 삭이고 뒤따라 일어섰다.
누나로서의 쑥스러움을 버릴 수 있으면 좋을 텐데, 하고 그녀는 불쑥 생각했다.
두 사람은 거리로 나와 택시를 잡아탔다.
"집 앞까지 들어가자."
"안 그래도 돼. 사거리에서 내려서 걸어가."
"피곤해서 안 돼."
채빈이 굳이 고집해 재경의 집 앞까지 택시가 들어갔다. 가능하면 재경의 몸을 편하게 해주고픈 마음이었다.

조금이라도 더 함께 있고 싶은 재경의 기분은 전혀 모르고 있었다.

"오늘 고마웠어, 조심히 들어가."

"누나도 푹 쉬어. 전화해."

"응."

택시는 온 길을 되돌아가 이번엔 채빈의 집 앞으로 향했다. 채빈은 태울 만한 손님도 없는 외곽 지역까지 들어와 준 기사에게 미안한 마음이 들어 요금을 얼마간 더 얹어주었다.

"고맙습니다."

문을 열고 원룸으로 돌아오자 노곤함이 밀려왔다.

채빈은 뜨거운 물로 샤워를 한 다음 냉장고에서 차가운 캔맥주 하나를 꺼냈다.

쿠션에 몸을 기대고 맥주를 한 모금 마신 뒤 게맛살을 우물거리고 있자니 천국이 따로 없었다. TV를 보려고 리모컨을 드는 와중에 발치에 놓여 있던 주식서적이 채빈의 눈에 들어왔다.

"아, 맞다. 얼마나 올랐을까."

책을 보자 일전에 세만의 권유로 스트림 소프트의 주식을 잔뜩 매입했던 일이 떠올랐다.

채빈은 리모컨을 내려놓고 컴퓨터의 전원 버튼을 눌렀다. 그리고 HTS 프로그램을 실행시켰다.

떨어지지만 않았기를 기대하며 화면을 본 순간, 채빈은 그만 얼이 빠지고 말았다.

'5만 300원? 1주에?'

1주당 4만 2,200원에 2,360주를 구입했었다. 그런데 무려 8,100원이나 가격이 상승한 상태였다. 역시 세만의 자신만만한 권유에는 그만한 이유가 있었던 것이다.

수익을 계산해 보니 벌써 무려 1,910만 원 남짓의 금액이었다.

투자해 놓고 잊고 있었을 뿐인데 이런 거액을 벌어들이게 되다니!

채빈은 도저히 가만있을 수가 없었다. 허겁지겁 핸드폰을 들어 세만의 번호를 눌렀다.

ㅡ이 시간에 웬일이냐?

"세만이 형, 주식이 왜 이렇게 많이 올랐어요?"

전파 저편에서 세만이 하품을 했다.

ㅡ난 또 무슨 일이라고. 요즘 해외반응이 좋아서 꾸준히 오르고 있다. 근데 너 매입단가가 얼마지?

"4만 2,200원이요."

ㅡ이야, 내가 말한 날 바로 샀나 보네. 말도 잘 들어. 수익 꽤나 났겠구만. 몇 주 샀어?

"2,360주 샀어요."

―뭐?! 악!

'쿵' 하는 소리와 동시에 세만이 비명을 내질렀다.

"형, 괜찮아요?"

―아우, 머리야. 갑자기 일어서다가 부딪혔다. 아무튼 야, 그렇게 많이 산 거야?

"많이 사서 혹시 뭔가 문제가 되는 거예요?"

―딱히 그런 건 아니지만…… 야, 이채빈. 너 진짜 더더욱 내가 우리 회사 주식 사라고 했다는 거 아무한테도 말하면 안 된다. 그랬다간 나 진짜 사달 나는 거야.

"누구한테 말해요. 이런 거 말할 사람도 없어요. 근데 이거 슬슬 팔아야 되는 거 아니에요?"

―무슨 소리야. 상승은 이제 시작인데. 적어도 여름까진 갖고 있어. 최소한 8만 원까지는 간다.

"네? 8만 원이요? 아니 그럼 이익이 얼마래?!"

―호들갑 떨지 말고. 여하튼 지금은 형이 좀 바쁘니까 나중에 통화하자. 사테라이자께서 기다리신다.

"그거 만화 주인공이잖아요. 사람 대하듯 얘기하지 마세요."

―여신은 내게 사람과 동등한 아니, 이상의 가치가 있지. 웹툰 2부 떴으니까 너도 시간되면 봐라. 그럼 끊는다.

딸각.

세만이 틈도 주지 않고 먼저 전화를 끊었다. 채빈은 세만의 취향에 새삼 도리질을 하며 핸드폰을 내려놓았다.

"이야, 주식이라는 거 위험하다고 생각해서 거들떠본 적도 없었는데, 이렇게 오르는 거 보니까 엄청 재밌네."

모니터 화면을 바라보며 채빈이 중얼거렸다.

세만의 말대로 8만 원까지 올랐을 경우의 수익을 계산해 보니 8,920만 원 이상이었다.

가만히 앉아만 있어도 이런 거액을 벌어들일 수도 있다는 사실이 놀라웠다. 역시 세상은 넓고 아직도 모르는 일이 천지였다.

"장난 아니다, 진짜. 프라이어, 운디네. 이거 계속 오르면 너희들 더 일 같은 거 안 해도······!"

채빈은 뒤를 돌아보며 말하다 말고 몸을 굳혔다.

또 순간적으로 두 정령이 함께 있다고 착각해 버렸다. 한숨 속으로 깊은 허탈감이 묻어나왔다.

"왜 이렇게 오래 걸리는 거야."

주식으로 잠시 들떴던 기분이 아직까지 두 정령은 소식이 없었다.

집사 드미트리에게도 물어봤지만 그 역시 짐작하는 바가 전혀 없었다.

그저 기다려 보라는 막연한 대답만이 채빈에게 되돌아왔

을 뿐이었다.

채빈도 그간 가만히 기다리며 무의미하게 시간을 보내지는 않았다.

하루도 거르지 않고 속성수련실에서 무공과 마법을 수련해 왔다.

언젠가 돌아올 두 정령을 당당하게 맞이할 수 있도록.

채빈이 뽑은 두 크리쳐도 드미트리의 보살핌 속에서 무럭무럭 자라는 중이었다. 어느덧 예티는 Lv.5, 그리핀은 Lv.4가 되어 있었다.

며칠 전엔 시험 삼아 두 크리쳐를 각각 독트로스 광산 던전과 동부 지저성 던전으로도 보내 보기도 했다.

결과는 대만족이었다. 채빈의 걱정과 달리 두 크리쳐는 너무도 간단히 각자 맡은 던전을 공략하고 귀환했던 것이다.

합계 350개 남짓의 코인과 금덩이, 1서클 마법서 따위의 자질구레한 보상 물품들을 갖고서.

"프라이어, 운디네. 너희만 돌아오면 돼."

믿음직한 프라이어와 애교 만점의 운디네를 떠올리며 채빈은 남은 맥주를 벌컥벌컥 들이켰다. 생각하면 할수록 그리움이 물밀듯이 밀려왔다.

금세 맥주 한 캔이 동이 났다. 아직도 한참 술기운이 모자란 느낌이었다.

술이라도 마시고 후딱 잠들어버리는 편이 낫겠다고 생각하며 채빈은 냉장고에서 또 한 캔의 맥주를 꺼냈다.

본인도 모르는 사이에 채빈은 깜박 잠이 들었다.
이부자리도 깔지 않은 맨바닥에서 곤히 자고 있던 그를 깨운 건 갑작스런 한 통의 전화였다.
"으음, 여보세요."
—자고 있었는가?
연호제의 목소리였다. 채빈은 하품을 하며 시계를 보았다. 시간은 이제 막 새벽 2시를 넘어가고 있었다.
"어, 조금 자고 있었어."
—미안하군. 나중에 다시 걸겠다.
"아니, 아니야. 잘 만큼 잤어. 무슨 일이야?"
채빈이 나뒹굴고 있는 빈 캔을 옆으로 밀어내며 물었다.
연호제는 바로 말하지 않고, 가벼운 숨을 들이마시며 머뭇거리는 기색을 보였다.
채빈이 재차 물었다.
"왜 그래? 뭔 일 있어?"
—일이라면 일이긴 하지만, 그대가 피곤한 것 같아서……
"잘 만큼 잤다니까 그러네. 지금 동물원이지?
—그래.

"중요한 얘기면 만나서 할까?"

그렇게 말하는 채빈은 이미 어깨로 핸드폰을 고정시킨 채 바지를 입고 있었다.

다시 쉽게 잠이 들 것 같지도 않았고, 두 정령의 부재 속에서 쓸쓸함 또한 느끼던 차였기에 연호제의 연락이 반갑기도 했던 것이다.

비단 중요한 일이 아니더라도 만나고 싶었다.

─그래줄 수 있다면 고맙겠군.

"금방 갈 테니까 기다려. 거기 지하철역 1번 출구 알지? 주차장 옆으로 끼고 있는 쪽. 거기 있어."

─알았다.

점퍼를 챙겨 입고 집을 나선 채빈은 바로 스쿠터에 올라타 시동을 걸었다.

부르릉!

혼자만을 위해 만들어진 길이라는 착각이 들 만큼 새벽의 도로는 한산했다. 채빈은 한껏 속도를 높여 스쿠터를 달리면서 연호제가 할 말이 무엇인지 생각해 보고 있었다.

라면 하나를 끓여 먹을 정도의 짧은 시간에 채빈은 목적지에 도착했다.

주차장 쪽으로 서서히 스쿠터를 몰고 가는데 가로놓인 화단 쪽에서 그림자 하나가 일어서고 있었다.

연호제였다. 언젠가 보았던 보랏빛 코트와 청바지 차림의 평범한 모습이었다. 포니테일의 머리가 좌우로 힘차게 흔들리고 있었다.

"어서와. 정말 금방 도착했군."

"밤이라 차가 안 막히거든. 으, 좀 춥다."

"차라도 한잔하지."

그렇게 말하며 연호제가 자판기 쪽으로 먼저 걸음을 옮겼다. 뒤를 따르며 채빈이 물었다.

"건 그렇고, 무슨 일이야?"

"아아, 음……."

"나쁜 일이야? 왜 그렇게 뜸을 들여?"

자판기에 지폐를 밀어 넣으며 연호제가 한숨을 내쉬었다.

"굳이 말하자면 좋은 일도 나쁜 일도 아니다. 조금 애매한 얘기야."

"애매한 얘기?"

텅! 텅!

캔 커피 두 개가 차례차례 아래로 떨어져 내렸다. 허리를 굽혀 캔 커피를 꺼내 들며 연호제는 고개를 끄덕였다.

"언젠가 그대에게 운전을 배우면서 이야기했었지. 최근 로쿨룸 대륙의 상황이 좋지 않다고. 아무래도 큰 전쟁이 벌어질 듯하다고 말이야."

"아, 그래……. 기억하고 있지. 왕국 여기저기가 엉망진창이 됐다면서?"

"그래."

연호제가 캔 커피 하나를 내밀었다. 가만히 들고 있기가 버거울 정도로 캔은 뜨거웠다.

양손으로 번갈아 뜨거운 캔을 잡고 있던 채빈은 불현듯 엘리아를 떠올렸다.

언젠가 엘리아가 주었던 차도 이렇게 뜨거웠다. 엘리아는 지금 로쿨룸 대륙의 어디서 뭘 하고 있을까.

"괜찮은가?"

"어?"

채빈이 상념에서 깨어나 고개를 치켜들었다.

"그대 표정이 좋지 않다. 수척해 보여."

"아니야, 잠깐 무슨 생각 좀 했어. 아무튼 그래서? 계속 말해봐."

"그때 그대에게도 말했다시피 로쿨룸 대륙의 문제는 그대나 나하고는 아무런 상관이 없는 일이지. 그런데 그만 운 나쁘게도 내가 발이 묶여 버렸어. 그래서 고민하다가… 딱히 그대 이외에는 상담할 사람도 없고 해서……"

연호제가 자조하듯 쓴웃음을 지으며 말끝을 흐렸다. 무슨 상황인지 도통 알아들을 수가 없는 채빈은 채근하듯 물었다.

"발이 묶였다는 게 뭔데?"
"같이 가줄 텐가? 직접 보는 편이 이해하기 쉬울 것 같아."
"어디로? 로쿨룸으로?"

연호제가 고개를 끄덕였다. 입은 꾹 다문 채 더 말은 없었지만 꼭 같이 가주길 바라는 간절함이 두 눈 가득 담겨져 있었다.

"알았어."

채빈이 뜨거운 커피를 단숨에 마셔버리고 휴지통에 캔을 던져 넣었다.

"당장 가자, 그럼. 앞장서."
"그대는 보기보다 결단이 빠르군."
"칭찬이냐, 욕이냐."

로쿨룸 대륙으로의 진입은 연호제의 마왕성을 이용했다.

마법진을 통과해 동굴을 나서자 채빈에겐 낯선 로쿨룸의 밤 풍경이 눈앞에 펼쳐졌다.

"여긴 어디야?"
"왕국의 영지다. 저쪽이 마을 리우룸이고."

연호제가 턱짓으로 한쪽을 가리켰다. 50여 미터 정도 떨어진 삼림 초입에 폐허가 된 마을의 으스스한 전경이 자리하고 있었다.

"너무하는데……. 누가 이런 심한 짓을 한 거야."

"일단 가지. 자, 이쪽 뒷길로."

두 사람은 벼랑을 등진 수풀 속의 어둔 샛길을 따라 마을로 진입했다.

막상 안으로 들어서자 채빈에게 느껴지는 참담함은 배가 되었다. 가옥이란 가옥은 모조리 불타버려 시커먼 잔재만을 남기고 있었고, 수확을 앞둔 밭은 사정없이 파헤쳐져 짙붉은 내장을 드러내고 있었다.

그뿐만이 아니었다. 눈길을 주는 곳마다 사람 혹은 가축의 시신이 널브러져 있었다.

떼를 지은 수백 수천 마리의 파리들이 무서운 기세로 소리를 내며 사방을 날아다니고 있었다.

"말했었듯이 난 이 근처에서 던전 공략을 하고 있었다."

손을 흔들어 눈앞의 파리를 쫓으며 연호제가 말을 꺼냈다.

"이 마을은 내가 처음 봤을 때부터 폐허가 되어 있었다. 나는 그다지 관심을 두지 않았지. 당장 내 일과 아무 연관도 없는 사건이니까. 그런데… 얼마 전 이곳을 지나치다가 그들을 보게 되고 말았어."

"그들이라니?"

연호제는 대답하는 대신 걸음을 멈췄다. 지붕이 통째로 날아가고 한쪽 벽면이 무너진 한 농가 앞이었다.

으스스한 기운이 넘쳐흐르는 농가를 이리저리 훑어보며

채빈이 물었다.
"왜 여기서 멈춰?"
"들어가 보면 알아."
연호제가 한 발 먼저 농가 안으로 들어섰다. 채빈은 영 내키지 않았지만 이내 문턱을 밟고 어둠 속으로 그녀를 따라 들어갔다.
연호제는 농가 안의 주방으로 들어가 걸음을 멈추고 몸을 숙였다. 그러고는 채빈이 지켜보는 가운데 선반 밑으로 손을 쑥 넣고는 바닥의 한 곳을 노크하듯 두드렸다.
끼이익.
곧바로 녹슨 소리와 함께 선반 바닥의 비밀 출입구가 열렸다.
거기에서 꾀죄죄한 몰골을 한 어린 두 소녀가 낑낑거리며 기어 나왔다.
"언니!"
"왜 이제 왔어!"
두 소녀가 연호제에게 투정을 부리며 뛰어들었다. 작은 그들의 등을 토닥여 주며 연호제가 부드럽게 대답했다.
"친구를 데리고 오느라 늦었어. 미안하다. 밥은 다 먹었니?"
"응, 라티아는 만두라는 거 맛있었어."

"트리아는 국수라는 거 그게 더 맛있었어."
"그리고 라티아는 새고기도 무지무지 맛있었고."
"그것도 맛있었지만 트리아는 생선구이가 더 맛있었고."
"트리아는 맛을 잘 몰라서 다 좋아해."
"라티아는 양만 많으면 다 좋아해."

두 소녀가 서로에게 지지 않으려는 듯 연거푸 앞으로 나서며 대답하고 있었다. 연호제는 그 둘을 한꺼번에 껴안고는 푸석해진 금발을 쓰다듬었다.

'이게 어떻게 된 일이지?'

채빈은 아연실색한 채로 서서 그들을 멀거니 내려다보고 있었다. 대략적인 상황은 어림잡아 짐작했다. 연호제는 난민이 된 이 두 소녀를 그간 보살펴줬던 것이리라.

"저 오빠는 누구야? 라티아 궁금해."
"트리아도 저 잘생긴 오빠가 누군지 궁금해."

두 소녀의 관심이 채빈에게로 쏠리고 있었다. 연호제가 씩 웃으며 채빈을 살며시 돌아보고는 대답했다.

"나중에 소개시켜 줄게. 잠깐만 기다리고 있어. 저 잘생긴 오빠랑 언니랑 조금 할 이야기가 있어."

"빨리 와."
"멀리 가지 마."

채빈은 연호제를 따라 농가의 뒤뜰로 나섰다.

시든 꽃밭 한가운데에 낡은 우물이 있었다. 물이 마른 우물 안쪽을 들여다보며 연호제가 말을 꺼냈다.

"나답지 않지?"

"어?"

"저 아이들을 보니 생각났거든. 내게도 좋은 언니들이 있었다는 게……. 누군가를 동정할 주제도 성격도 못 되는 나지만 나도 모르게 그만……."

연호제는 말을 끝맺지 못하고 입술을 깨물었다. 고고한 달빛 아래 그녀의 어깨가 미약하게 떨리고 있었다. 채빈은 등 뒤로 다가가 그녀의 한쪽 어깨에 위로하듯 손을 얹었다.

"흡!"

채빈의 손이 어깨에 닿자마자 연호제가 흠칫하며 돌아보았다. 그러고는 민망한 듯이 내리깐 두 눈을 좌우로 굴리며 조그맣게 말했다.

"미, 미안하다. 갑자기……."

연호제의 양뺨이 발그레하게 달아올라 있었다.

그 혈색을 본 채빈도 가슴이 두근거렸다.

이처럼 작은 접촉에도 소녀처럼 부끄러움을 느끼는 연호제를 코앞에서 바라보고 있는 지금 순간, 채빈은 새삼스럽게 깨달을 수 있었다.

연호제는 분명히 여자였다. 그것도 달빛 아래 이토록 아름다운.

"어, 어쨌든 나는……!"

연호제는 어쩐지 화가 난 듯한 기색으로 언성을 높이며 말을 이었다.

"난 저 두 아이를 잠시 선하촌으로 데려가 보살필 계획이다. 행방이 묘연해진 저 아이들의 친부를 찾아낼 때까지."

"보살필 여력은 되는 거야? 너도 바쁘잖아."

"곽동이 있으니까. 아이 보는 일에 둘째가라면 서러울 녀석이니 안심하고 맡길 수 있어."

"아아, 그 덩치 좋은 친구."

채빈은 고개를 끄덕이며 사방이 지옥인 마을을 이리저리 둘러보았다.

이런 폐허 속에 언제까지고 어린 두 소녀를 놔둘 수는 없는 노릇이었다. 연호제가 말했던 '발이 묶였다'는 표현이 무엇을 가리키는 것인지 채빈은 알 수 있었다.

"그대에게만은 말하고 싶었다."

"잘했어."

"내 행동이 올바른 걸까."

"올바르고 말고가 필요한 얘기야? 이런 데다 애들을 놔둬?"

"그래……."

"여하튼 쟤들 아버지는 어떻게 찾을 계획인데?"
"안 그래도 거기에 대해서 얘기할 참이었다."
연호제가 진지한 표정으로 운을 뗐다.
채빈은 이야기를 듣기에 앞서 더위를 느끼고 점퍼를 벗었다.
그때, 갑자기 문이 열리며 기다리다 지친 두 소녀가 뜰 안으로 뛰어 들어왔다.
"왜 이렇게 오래 걸려?"
"우리 심심하고 무서워."
"미안, 이제 얘기 거의 다 끝났으니 잠깐……."
바로 그 순간.
두 소녀의 놀란 눈빛이 일시에 채빈에게로 꽂혔다.
보다 정확히 말하자면 채빈의 목에 걸린 펜던트 목걸이가 두 소녀의 시선을 잡아끌고 있었다.
급기야 두 소녀는 입을 찢어져라 벌린 채 펜던트를 손가락으로 가리키더니 이내 서로의 얼굴을 쳐다보며 소리치는 것이었다.
"엘리아 선생님 목걸이도 저렇게 생겼는데!"
"엘리아 선생님 목걸이랑 똑같이 생겼는데!"
이제 본격적으로 기겁하기 시작한 사람은 두 소녀가 아닌 채빈이었다.

"에, 엘리아… 선생님이라고? 엘리아 씨를 알아?"

채빈이 백지장처럼 새하얘진 얼굴을 하고 되물었다.

떨리는 손으로는 엘리아로부터 받은 목걸이의 펜던트를 꼭 쥐고 있었다.

"자리를 옮겨서 이야기하지. 애들 요깃거리도 챙겨줄 겸."

이야기가 길어질 낌새를 느낀 연호제가 제안했다.

채빈은 대답도 못하고 멍한 시선을 하늘로 쳐들었다.

엘리아의 펜던트와 꼭 닮은 달이 잿빛 안개 너머로 삼켜지고 있었다.

치지지지직!

"크아아아아아아아아아아악!"

로쿨룸 대륙.

안개의 해안 너머 로이드 모빅의 마탑.

비명의 진원지는 마탑 최하층에 위치한 고문실이었다.

카네레츠 협곡에서 붙잡혀 온 마르티스 후작이 벌거숭이 몸을 철제 의자에 묶인 채 고통스러워하고 있었다.

치지직! 치직! 치지지지직!

"아아아악! 아악! 아아아아아악! 제발 그만! 히이이이이익!"

두 명의 고문관이 새빨갛게 달군 인두로 마르티스의 허벅지와 등 부분을 지지고 있었다.

5~6초간 그렇게 살을 지진 뒤 부위를 바꿔 다시 지지기를 벌써 수십 차례였다.

얼굴을 제외한 마르티스의 전신이 흉터로 범벅이 되어가고 있었다.

"잠시 멈춰."

시토라의 말에 두 고문관이 잠시 인두를 거둬들였다.

그녀는 맞은편의 편안해 보이는 흔들의자에 앉아 포도주를 마시고 있었다.

지옥의 고통 속에서 몸부림치고 있는 마르티스의 꼬락서니를 즐거운 듯이 바라보면서.

귀족의 몰락을 지켜보는 일은 시토라가 가진 어두운 취미 중 하나였다.

귀족들의 만행으로 인해 모든 것을 잃고 세상에 홀로 내던져진 순간부터 오늘까지 쭉 그래왔다.

"슬슬 이실직고하는 게 좋지 않을까?"

"끄으으……. 벌써 수백 번을 얘기했잖소. 드로제의 용광로에 대해서는 정말 몰라. 대공은 내게 아무 것도 알려주지 않았어. 모르는 걸 어떻게 말하란 말이오……!"

"고르게우스 대공의 최측근인 당신이 모르면 누가 안단 말이야? 빨리 실토해. 지금까지는 차라리 천국이었다고 여겨질 만큼 엄청난 고문이 앞으로도 줄줄이 기다리고 있어."

"정말이오……. 정말로 모르오……. 제발……. 제발 부탁이니 내 말을 믿어 주시오……!"

애걸하는 마르티스의 퉁퉁 부은 두 눈에서 뜨거운 눈물이 콸콸 쏟아지고 있었다. 그러나 안타깝게도 시토라는 손톱만큼의 동정심도 없었다.

그녀는 포도주를 한 모금 홀짝이고는 차가운 목소리를 내뱉었다.

"안 되겠네. 계속해."

"제, 제발……! 너무 아프고 괴로워서 죽을 것 같소! 정말로 모른다니까……!"

치지지지지직!

"캬아아아악! 끄어어……! 으어어어어어어어!"

두 고문관의 인두는 사정없이 마르티스의 전신을 지지고 또 지져댔다.

마르티스는 천장을 향해 두 눈을 까뒤집은 채 혀를 길게 빼 물고 줄기차게 절규를 토해냈다.

사타구니 사이에서는 배설물까지 줄기차게 터져 흘러내리고 있었다.

그토록 아픔을 호소하는데도 지켜보는 시토라는 눈 한 번 깜짝하는 일 없이 태연자약하기만 했다.

10여 분을 틈도 주지 않고 인두로 지져댄 끝에 마르티스가 고개를 떨어뜨렸다. 계속되는 고통을 견디지 못해 의식을 잃어버리고 만 것이었다. 등허리를 지져도 몸을 가볍게 떨 뿐 별 반응이 없었다.

"깨워서 계속할까요? 조금 위험한 상태인 것 같습니다만."

대기하고 있던 젊은 마법사가 마르티스의 상태를 살펴보고 말했다. 시토라가 잔을 내려놓고 고개를 가로저었다.

"오늘은 이쯤에서 끝내기로 하죠."

아직 로이드가 돌아오지 않았다. 그의 부재중에 마르티스가 죽기라도 하면 큰일이었다.

시토라는 조금 뻐근해진 목을 이리저리 돌리며 흔들의자에서 일어섰다.

"내일 저녁에 또 심문을 시작할 것이니 그때까지는 상처를 완전히 치료해 주도록 하세요. 식사도 충분히 하게 해주고."

"네, 알겠습니다."

"다들 고생했어요. 그럼."

"들어가십시오."

시토라는 두 고문관과 마법사의 공손한 인사를 받으며 고문실을 빠져나왔다.

석벽 사이의 좁은 복도를 통과하면서 그녀는 로이드를 생각하고 있었다.

'로이드 님, 언제 돌아오시는 건가요.'

그녀의 얼굴에는 오직 수심만이 가득했다. 불과 몇 분 전까지 마르티스를 고문하며 보였던 악마와 같은 사악한 기색은 한 점도 남아 있지 않았다. 사모하는 이를 그리워하는 영락없이 한 여자일 뿐이었다.

로이드는 지금까지 단 한 번도 이토록 길게 자리를 비운 적이 없었다.

아무리 길어도 열흘이면 어김없이 돌아왔다. 뿐만 아니라 자리를 비우기 전에는 반드시 시토라에게 모일 모시까지 돌아오겠노라고 말을 남기곤 했다.

그런데 이번에는 아무 말도 남기지 않고 연기처럼 사라져 버렸던 것이다.

어제는 근심을 버티다 못해 엘리아의 숙소로도 찾아갔었다.

사이가 어쨌든 그녀는 로이드의 세상 하나뿐인 혈육이니 뭔가 짚이는 부분이라도 있을까 기대감을 품고서.

하지만 엘리아의 대답은 냉담함 그 자체였다.

─오라버니는 원래 그런 분이십니다. 예전부터 말없이 사라졌다 나타나곤 하셨지요. 제가 드릴 수 있는 대답은 아무것도 없습니다. 쉬고 싶으니 그만 돌아가 주세요.

자수를 놓고 있던 손을 멈추지도 않은 채 엘리아는 매몰찬 말로 시토라를 돌려세웠던 것이다.

'망할 년······! 자기 오라버니가 사라졌는데 어쩜 그렇게 태평할 수가 있지!'

시토라는 깨문 입술을 부들부들 떨며 분개했다. 포도주의 술기운이 엘리아를 향한 그녀의 증오심을 더욱 부추기고 있었다.

엘리아를 볼 때마다 느껴지는 감정은 질투와 시기였다. 엘리아가 가진 여동생의 위치가 자신의 것이길 시토라는 간절히 바라고 있었다.

그것은 스스로도 인정하기 수치스러운 추악한 감정이었다.

따라서 시토라는 매번 엘리아를 증오하는 자신을 합리화시키느라 진땀을 빼야 했다. 지금도 마찬가지였다.

오라버니의 부재를 걱정하지 않는 무책임한 여동생에게 화가 난 것뿐이라고 그녀는 은연중 자신을 이해시키고 있었다.

'술이 부족해.'

세 갈래로 뻗은 복도의 갈림길에 멈춰 서서 시토라는 잠시 고민했다.

마탑에는 주점이 있었다. 평소라면 숙소에서 혼자 몇 잔 마신 뒤 잠을 청했겠지만 오늘은 내키지 않았다. 로이드가 없는 이 밤이 한없이 고독했다. 한껏 시끄러운 장소가 차라리 나을 듯했다.

"시토라 님, 여기 계셨군요."

주점 쪽으로 발길을 돌리려는 그녀 앞으로 로브를 뒤집어 쓴 사내가 나타났다. 시토라의 심복이었다.

사뭇 심각한 표정에 잰걸음으로 다가오는 그를 보자마자 시토라는 심상치 않은 기색을 느꼈다.

"어쩐 일이지?"

"다름이 아니라, 사고가 발생했습니다."

"사고?"

"고르게우스 영지의 주요 마을과 길목에 배치해 둔 언데드 부대들이 공격받고 있습니다."

시토라의 두 눈이 한껏 치켜져 올랐다.

"공격을 받아? 누구에게? 대공의 병력은 수도에 밀집해 있고, 감히 반격을 할 여유도 없을 텐데?"

"그게… 아직 들어온 정보가 불분명합니다. 아무래도 소수 정예로 활동하는 세력 같습니다. 난민들을 규합해 탈출시키는 것이 주목적인 것 같습니다."

"그래서 아무 것도 모르는 상태란 말이야?"

"언데드 담당병들의 말에 따르면 그저… 백기사라는 말밖에는……."

"백기사?"

"네, 날개가 달린 새하얀 갑옷을 입은 자였다고 합니다. 시커먼 로브 차림의 동행이 한 명 있었다고도 하고요."

"피해는?"

시토라가 두통이 이는 머리를 감싸며 쥐어짜는 듯한 목소리로 물었다.

눈앞의 사내는 심하게 우물쭈물하더니 고개를 푹 숙이며 참담한 기색으로 대답했다.

"전체 병력의 3분의 1 이상이……."

철썩!

"컥!"

사내의 고개가 홱 꺾이며 머리를 덮고 있던 후드가 훌렁 벗겨졌다.

"그걸 지금 말이라고 지껄여!"

철썩! 철썩! 철썩!

시토라는 두 눈에 불을 켜고 쇳소리를 지르며 사내의 양뺨을 사정없이 후려갈겼다.

사내의 몸이 선 끊어진 마리오네트 인형처럼 좌우로 연신 뒤흔들리고 있었다.

사실 지금의 시토라는 격분하기 최적의 상태였다. 로이드의 부재로 심란한 와중에 엘리아와의 일까지 맞물려 불쾌함이 최고조에 이르러 있었다.

그런 상황에 사고가 났으니 그녀는 돌아버릴 것 같았다. 완벽하게 맡은 업무를 끝마치고 당당하게 로이드를 맞이해야 하는데 차질이 생겨 버린 것이다.

"하아! 하아! 하아! 하아! 하아!"

시토라는 수십 대를 올려붙인 끝에 손을 거둬들이고 거친 숨을 몰아쉬었다.

사내는 피로 흥건해진 얼굴을 닦지도 못하고 꼿꼿이 선 채 고개를 숙이고 있었다.

"그 백기사라는 놈의 정체를 하루빨리 알아내. 제국의 세력인지, 아니면 고르게우스 놈의 세력인지. 그것도 아니라면 율론의 용병인지. 그리고 목적도. 난민들을 탈출시키는 것 이외에도 다른 꿍꿍이가 분명히 있을 거란 말이야."

"알겠습니다."

"가, 지금 당장 움직여. 정보는 입수되는 족족 가져와."

"네."

사내는 90도로 허리를 숙여 인사한 뒤 돌아서서 잰걸음으로 멀어져 갔다.

시토라는 우두커니 서서 양어깨를 들썩이며 호흡을 골랐다.

'그 무식하게 힘만 센 년을 드디어 쓸 시기가 온 것 같군.'

 시토라는 캔델 고원에서 탱자탱자 놀고 있을 한 여자를 떠올리고 있었다.

 감히 자신이 경배하는 로이드와 계약을 맺고, 동등한 위치에서 거만을 떨고 있는 한 천박한 여자를.

제7장
자비

이계
마왕성

백기사 출현에 관한 소문은 로쿨룸 대륙 내에만 국한된 것이 아니었다.
　채빈의 마왕성 본당 앞.
　집사 드미트리는 의자에 비스듬히 앉아 독서를 하고 있었다. 크리쳐 예티와 그리핀도 그의 곁에 함께 있었다.
　"야야, 뺏어먹지 말지. 네 거 먹어."
　드미트리가 핀잔을 주었지만 예티는 들은 척도 하지 않았다.
　자기 밥을 마파람에 게 눈 감추듯 먹어치우고 그리핀 몫까지 옹달샘 물 뜨듯 두 손으로 꽉꽉 퍼먹고 있었다.

"야, 그리핀. 네 밥그릇 안 챙겨?"

성격이 좋은 건지 아니면 배가 부른 건지, 정작 그리핀은 별 관심도 없었다.

바닥에 몸을 웅크리고 앉아 마왕성의 먼 하늘만 올려다보고 있을 뿐이었다.

"어쩌다 내가 집지기 신세가 됐나."

드미트리는 읽고 있던 책을 잠시 덮고 의자 깊숙이 등을 기댔다.

채빈의 마왕성 집사가 된 이후로 특별히 바빴던 적은 없었지만, 그래도 요즘은 정말 심하게 일이 없었다. 즐겨 하는 독서도 그의 무료함을 달래주지 못하고 있었다.

"그르르르……!"

하늘을 보고 있던 그리핀이 이를 가는 소리를 냈다. 검푸른 하늘 중앙에 거대한 여성의 얼굴이 생겨나고 있었던 것이다. 드미트리가 고개를 들고 말했다.

"웬일이십니까."

―드미트리가 심심해 보여서요.

"책 읽는 중이니 괜찮습니다."

―또 톨스토이인가요.

"고리키입니다."

―러시아 사랑은 알아줘야겠군요.

"자국민으로서의 공감대가 있어 읽기 편한 것뿐이지, 딱히 나라 사랑 따위의 간지러운 이유는 아닙니다."

거대한 얼굴이 하늘에서 사라졌다. 뒤이어 가느다란 빛이 수직으로 하강하면서 그 안에서 여자가 걸어 나왔다.

드미트리가 일어서서 의자를 내어 주고 손가락을 튕겼다. 또 하나의 의자가 펑, 하고 나란히 생겨났다.

"백기사는 여전히 바쁜가 봅니다?"

"그래요. 역시 드미트리의 룰렛은 틀리지 않았군요. 자비로워요, 이채빈은. 그 많은 난민들을 구해주려고 용을 쓰고 있으니."

"난민 구제가 목적은 아니었죠. 아무튼 엄청나게 들쑤시고 다니는 것 같은데요."

"들쑤신다기보다는 정리를 하고 있는 거예요."

"로이드 모빅의 입장에서 보면요."

"정말 흐름이 공교롭지 않아요? 이런 식으로 그들이 엮이게 될 줄은 저도 전혀 몰랐어요."

"젤마 님은 지금 상황이 꽤나 즐거우신가 봅니다."

"후후."

여자가 웃으며 방금 앉은 의자에서 몸을 일으켰다.

"냉면이랑 왕만두 먹으러 가요."

"지난번에 먹으러 갔잖아요."

"맛있었어요. 또 먹고 싶어요."

"저는 간만에 햄버거나 먹을 참이었는데."

"그럼 저 혼자 먹어요?"

여자가 울상을 지으며 물었다. 거부할 수 없는 표정. 드미트리는 별수 없다는 듯이 고개를 내저으며 의자에서 일어섰다.

"대신 이번엔 제가 돈 안 냅니다."

"어휴, 얼마나 한다고."

드미트리와 여자가 마왕성에서 사라졌다.

남은 예티와 그리핀은 어리둥절하여 주위를 두리번거리다가 없는 주인을 찾아 마왕성 여기저기를 돌아다니기 시작했다.

하지만 그들은 주인을 찾을 수 없었다. 같은 시각, 그들의 주인은 백기사란 이름으로 로쿨룸 대륙에 있었으니까.

"또 당했다고?!"

뜬눈으로 밤잠을 설친 시토라는 숟가락을 들다 말고 아침 밥상을 뒤엎고 말았다.

불과 며칠 사이에 언데드 병력의 절반 이상이 괴멸되었다는 부하의 보고를 곧이들을 수가 없었다.

"도대체 몇 놈인데 그래!"

"그, 그게… 난민들도 병력을 꾸리기는 하지만 주동자는 아무래도 두 명이 맞는 것 같습니다. 죄송합니다. 구울들 이외의 관리병들이 모두 죽어 버려서……."

시토라가 스튜 접시를 집어 부하에게 냅다 던졌다.

와장창!

"컥!"

접시가 부하의 이마에 부딪혀 산산조각이 났다. 부하는 터진 이마에서 흘러내리는 피를 어쩌지도 못하고 겨우 고통을 참으며 꼿꼿이 서 있었다.

"고작 두 명을 상대로 이게 무슨 일이야!"

"정말 죄송합니다……! 하지만 동선은 파악했습니다."

"동선을 파악했다고?"

"고르게우스 영지 남서 지역에 있는 헤레움 강을 아십니까?"

"뭘 물어보고 있어, 이 천치야! 그냥 말하라고!"

"죄, 죄송합니다! 그러니까 숲을 끼고 있는 강에 원래 다리가 있었는데 누군가 임시로 수복해서 건너간 흔적이 보입니다. 아마도 거길 통해 난민들과 함께 영지를 벗어난 것 같습니다."

"그쪽은 제국과의 접경지대잖아?"

"네, 네. 사실 그래서 대규모 병력을 투입해 수색하기가 조금 어렵습니다."

"크윽……!"

함부로 많은 병력을 투입할 수는 없었다. 대외적인 문제도 있거니와 무엇보다 총대장인 로이드가 없는 판국이다. 무엇보다 적은 고작 둘뿐이라고 하지 않은가.

'구울들만을 상대하는 거라면 사실……!'

은연중 적들의 능력을 지나칠 정도로 높게 평가했는지도 모르는 일이었다.

구울들만을 상대하는 거라면 시토라도 선전할 자신이 있었다.

일반적인 시선에서 보면 이것 또한 대단한 힘이겠지만, 시토라 이상의 힘을 가진 이에게는 딱히 놀랄 만한 일이라고 하기엔 또 조금 부족한 수준이었다.

'제국 쪽에 우리 세력이 노출되면 곤란한데…….'

그렇다고 이대로 놔둘 수도 없었다. 감히 언데드 부대를 공격하고 난민들을 영지 밖으로 빼낸 두 마리의 벌레를 잡아 죽여야만 했다.

'내가 마탑을 비울 수도 없고. 아카데미의 수석들을 뽑아서 보내자니 마음이 안 놓이고. 아무래도 그년을 불러야겠는데……. 어떻게 부탁하지?'

시토라는 입술을 깨물고 고심했다. 자존심 강하고 오만한 루이제가 로이드도 아닌 자신의 부탁을 받고 순순히 와줄 리가 없었다. 뭔가 적절한 명분이 필요했다.

그때였다.

또 다른 부하 하나가 허겁지겁 식당 안으로 들어오고 있었다.

대단한 정보를 가져왔다는 듯이 그의 안색이 환해 보였다.

"무슨 일이지?"

"그들의 목적을 알아냈습니다."

"목적이라고?"

부하가 살며시 주위를 둘러보더니, 허리를 굽혀 시토라의 귓가에 대고 작게 속삭였다.

"뭐라고?"

시토라의 두 눈과 입이 동시에 확대되었다.

잠시 후, 벌어졌던 입은 천천히 다물어지면서 한 줄기 가느다란 미소로 변했다. 루이제를 불러들일 당위성을 확보한 순간이었다.

"잠시 나갔다 오겠다."

시토라가 의자를 빼고 일어섰다. 호위하듯 등 뒤를 따르는 부하들을 손으로 제지하며 그녀는 명령을 내렸다.

"더 이상의 추격은 중지한다. 더불어 고르게우스 영지에 남은 언데드들은 그냥 버려. 시체만 있으면 얼마든지 뽑아낼 수 있는 소모품이니까."

"아, 알겠습니다."

시토라가 망토를 휘어잡고 돌아섰다. 캔델 고원에 서식하는 한 드래곤의 둥지에 가기 위해서, 그녀는 텔레포트 룸으로 빠르게 걸음을 옮기기 시작했다.

"아아……. 아으으……. 라티아……. 트리아……. 아, 안 돼! 으아아아악!"

벌떡!

마티오스가 비명을 지르며 침대에서 몸을 일으켰다.

온몸에서 뜨거운 땀이 줄줄 흘러내리고 있었다. 그는 거친 숨을 연신 뽑아내며 주위를 돌아보았다.

화려한 커튼과 융단으로 장식된 넓은 방이었다. 비로소 그는 또 악몽을 꿨음을 깨닫고 이마의 땀을 훔치며 안도했다.

이곳은 캔델 고원에 숨겨진 드래곤의 둥지. 루이제의 근거지였다. 마티오스에게 이 장소는 처음이 아니었다. 오래전 루이제와 함께 왕국을 위해 싸울 때 이곳에 장기간 머물렀던 적도 있었다.

"안 좋은 꿈이라도 꿨나 봐?"

실크 이불이 부스럭거리는가 싶더니 그 안에서 루이제가

얼굴을 내밀었다. 마티오스는 흠칫 몸을 떨며 물러나 앉았다. 분명히 어젯밤에 잠을 청할 때는 혼자였는데.

"이게 어떻게 된 일이지?"

"그냥, 외로워서 그대 곁에 누웠다가 잠들었을 뿐이야."

루이제가 헝클어진 머리칼을 쓸어 넘기며 두 눈을 치켜뜨고 대답했다. 흘러내린 머리칼 사이로 매끈한 두 어깨가 드러나 있었다.

마티오스는 고혹적인 그녀의 눈길을 피해 고개를 돌렸다. 이불 속 루이제의 몸은 분명 나신일 것이다. 그녀가 옷을 입고 자는 꼴을 본 적이 없었다.

"그런데 누구지?"

"누구라니?"

"라티아와 트리아. 꿈을 꾸면서 몇 번이나 부르던데?"

눈에 넣어도 아프지 않을 두 딸의 이름이 루이제의 입에서 흘러나온 순간, 마티오스는 심장이 멎을 만큼 놀랐다. 하지만 그는 다행스럽게도 노련하게 태연한 표정을 유지했다.

"마음에 두고 있었던 주점의 작부다."

마티오스가 담담한 어조로 대답했다. 비록 거짓말이지만 두 딸을 작부로 만들어버린 죄책감이 소리없이 밀려왔다.

"작부?"

"그렇다."

"몸 파는 여자 말이야?"

"뭔가 문제라도 있나?"

"명예로운 기사이신 그대께서?"

"기사에게도 성욕은 있지."

그렇게 대답하며 마티오스는 침대에서 몸을 뺐다. 자는 사이에 벗겨진 것인지 알몸이었다. 마티오스는 황급히 바닥에 떨어져 있던 옷가지를 주워 주섬주섬 입기 시작했다.

"세월이 흘러도 변함없네. 여전히 늠름해."

"자주 본 것처럼 말하지 마."

"있지. 알려줘."

"뭘?"

"어느 마을의 어떤 작부인지 말이야."

"그건 왜 묻지?"

"얼마나 매력적이기에 그대가 마음에 들었는지 얼굴 한 번 보고 싶어서."

"말하고 싶지 않다."

마티오스가 고개를 내저으며 거절했다. 애당초 새빨간 거짓말이니 대답할 것도 없었다. 또한 그는 알고 있었다.

만약 그의 말이 사실이어서 사는 곳을 알려줬다면 루이제는 당장 그 작부를 찾아가 숨통을 끊어버렸을 것이다. 마티오스가 기억하는 루이제는 그런 여자였다.

"흥, 재미없네."

다행히도 루이제는 더 추궁하지 않았다. 그녀는 얇은 이불로 몸을 둘러싸고 일어나 슬리퍼에 두 발을 꿰었다.

"아침을 준비할게."

"배고프지 않아."

"식사 거르면 안 돼. 기다리고 있어."

루이제가 한쪽 눈을 찡긋거리며 웃어보이고는 방을 나섰다. 그녀가 사라지고 나서야 마티오스는 긴장으로 경직되어 있던 몸을 풀고 가느다란 한숨을 내쉬었다.

'이거 꿈도 마음대로 못 꾸겠군!'

깍지를 낀 그의 두 손이 무릎 위에서 사시나무처럼 떨리고 있었다. 초조하고 불안해서 견딜 수가 없었다. 루이제의 손바닥 위에서는 그 무엇도 마음대로 보고 듣고 말할 수가 없는 것이다.

루이제의 둥지에서 탈출한다는 건 불가능한 일이었다. 외부로 통하는 모든 출입구에는 강력한 결계가 설치되어 있다. 마티오스의 힘으로 돌파할 수 있을 만큼 만만한 결계가 아니었다.

'이 일을 어찌한다……!'

두 딸의 존재를 루이제에게 들키면 끝장이다. 그녀는 망설임없이 날카로운 발톱을 휘둘러 두 딸의 목숨을 앗아갈 것이다. 다른 여자의 배에서 태어난 마티오스의 자식을 인정할 리 없는 것이다.

게다가 아이들의 엄마가 한낱 하녀였던 마리나라는 사실까지 알게 된다면? 생각만으로 몸서리가 쳐지는 일이었다.

'마리나……. 부디 라티아와 트리아를 지켜주시오.'

마티오스는 두 손을 코앞으로 모으고 세상을 떠난 아내에게 속으로 기도했다. 자기 자신은 어떻게 되든 상관없었다. 두 딸이 아무런 위험도 없는 세상에서 평안하고 행복하게 살아갈 수만 있다면 그는 더 이상 바랄 게 없었다.

"자아, 아침식사가 도착했어요."

루이제가 은쟁반에 식사를 받쳐 들고 방으로 돌아왔다. 몸에는 여전히 이불을 두르고 있었다. 침대 머리맡에 은쟁반을 내려놓으며, 그녀가 감회에 젖은 듯이 말했다.

"그대를 다시 만날 수 있어서 얼마나 기쁜지 몰라, 마티오스."

"난 그다지 반갑지 않지만."

"퉁명스러운 모습도 멋져."

루이제가 마티오스의 뺨으로 손을 내밀었다. 마티오스는 고개를 뒤로 빼 그 손길을 피했다. 순간 루이제는 두 눈에 슬픈 기색을 띠었지만 이내 머쓱한 듯 웃으며 손을 거둬들였다.

"무슨 흉계를 꾸미고 있는 거지?"

마티오스가 던지듯이 물었다. 루이제는 빵 하나를 들고 나이프로 버터를 찍어 바르며 태연히 대꾸했다.

"이미 말했잖아. 빼앗긴 모든 것을 되찾기 위해서라고."

"그래서 뭘 어떻게 할 건데?"

"차차 보여줄게. 일단은 왕국 붕괴?"

"돌았군!"

"내 정신 상태는 지극히 정상적이야."

"지극히 정상적이어서 그런 미친 대마법사와 손을 잡았나?"

"이건 단순한 거래일뿐이야. 우린 서로가 필요로 하는 힘을 갖고 있으니까. 거래가 끝나고 원하는 것을 손에 넣게 되면 그자와도 깨끗하게 작별이지."

"깨끗한 작별? 어떻게 확신하지? 그 자가 당신에게 적절한 보상을 해줄 거라고 믿는 건가?"

"못 믿으면?"

루이제가 버터를 바르던 손을 멈추고 두 눈을 치켜떴다. 어느새 그녀의 눈빛에는 독기가 서려 있었다.

"못 믿으면 어쩌라는 건데? 실컷 이용만 당하다가 버려질 거라고 말하고 싶은 거야? 옛날 왕국으로부터 버림받았던 것처럼?"

"아니, 그런 이야기를 하려던 건……!"

그러나 마티오스는 항변을 끝내지 못하고 입을 다물어야 했다. 사실 지금 루이제의 말은 그가 하려던 말과 꼭 같았으니까.

루이제는 차갑게 웃으며 고개를 가로젓고는 말을 이었다.

"두 번 다시 그럴 일은 없을 거야. 그리고 난 로이드와 계약을 맺었어."

"계약? 설마… 용의 계약?"

"응."

마티오스는 할 말을 잃었다. 그는 용의 계약이 어떤 것인지 알고 있었다.

어느 한쪽이라도 일방적으로 약속을 어기게 되면 양쪽 모두에게 참담한 대가가 주어지는 무서운 계약. 마티오스는 타는 목으로 침을 삼키며 넌지시 물었다.

"계약 내용은 뭐지?"

"미안해. 그것만은 아무리 그대라도 알려줄 수 없어. 무엇보다 그대가 알아야 할 만한 사항도 아니니까. 자, 먹어."

루이제가 버터를 바른 빵을 내밀었다.

마티오스는 잠자코 손을 뻗어 그것을 받았다.

맛이 느껴지지 않는 빵을 우물거리며 그는 계약 내용이 무엇일지 머리를 굴렸다. 루이제로부터 탈출할 수 있을 열쇠는 아무리 봐도 이것뿐이었다.

바로 그때였다. 루이제가 자신의 빵에 버터를 바르다 말고 두 귀를 쫑긋거렸다. 그리고는 중얼거렸다.

"손님이 왔네."

"손님?"

루이제가 자리에서 일어섰다. 그녀의 몸을 가리고 있던 이불이 맥없이 아래로 떨어지면서 알몸이 훤히 드러났다.

마티오스는 헛기침을 하며 고개를 숙였지만 정작 루이제는 그 쪽으로 엉덩이를 보인 채 태연히 옷을 갈아입었다.

"금방 올 테니 먹고 있어."

옷을 다 입은 루이제가 마티오스를 두고 방을 나섰다.

그녀는 구불구불 이어진 암로를 따라 둥지의 깊숙한 곳으로 들어섰다. 온갖 보물과 재화를 축적해 둔 보고를 지나 그녀가 멈춰선 곳은 서재 앞이었다.

끼이익.

문이 소리를 내며 열렸다. 어두움 속에서 하나의 촛불이 빛을 밝히고 있었다. 대륙 전역에서 수집한 장서로 빼곡하게 채워진 책장 사이에서 한 여자가 책을 읽고 있었다.

"안녕하세요, 루이제 님."

책을 덮고 루이제에게 인사를 건네는 그녀는 시토라였다.

루이제는 인사를 받지도 않고 굳은 얼굴로 서 있었다. 그녀는 마티오스와의 단란한 시간을 방해 받아 몹시 짜증이 나 있었다.

사정상 로이드의 마탑과 둥지 사이에 텔레포트를 만들어 두긴 했지만 이렇게 마음대로 찾아와도 된다고 허락한 기억은 없었다.

"식사는 하셨습니까?"
"잘 먹고 있다가 당신 때문에 망쳤어."
"정말 죄송합니다."
"용건이나 빨리 말해. 스튜가 식고 있어."
"힘을 빌려주셔야겠습니다. 문제가 생겼어요."
"내 힘이 필요할 만큼 큰 문제인가?"
"아마도……."
"아마도? 로이드가 그렇게 애매한 말을 전하라고 하던가?"

시토라가 후드를 벗었다. 곤궁에 빠진 듯한 처연한 얼굴을 드러낸 채로 그녀는 나직이 말을 이었다.

"로이드 님은 지금 부재중이십니다."
"어딜 갔는데?"
"그건 저도 잘……."

루이제가 허공을 올려다보며 코웃음을 쳤다. 그런 직후 돌아서며 씹듯이 내뱉었다.

"로이드의 부탁도 아니라는 거잖아? 그렇다면 난 움직이지 않겠다. 로이드가 돌아온 다음에 다시 찾아와."

루이제의 손이 문고리를 잡고 있었다.
시토라가 한 걸음을 내딛으며 다급히 소리쳤다.
"더 드릴 말씀이 있습니다!"
"듣기 싫어!"
"마티오스 님에 관한 이야기입니다."
"뭐?"
루이제가 문고리를 돌리던 손을 멈추고 돌아보았다. 잔뜩 상기된 두 여자의 시선이 허공 한가운데에서 불꽃을 튀기며 맞부딪쳤다.
"마티오스에 관한 이야기?"
"그렇습니다."
"뭔데? 그가 날 싫어한다고? 그런 것쯤은 나도 알아."
시토라가 고개를 힘차게 내저었다. 그리고는 크진 않지만 힘이 가득 들어간 목소리로 루이제를 향해 또박또박 말했다.
"마티오스 님께는 가족이 있습니다."
"가족이라니?"
루이제가 어이없어 하며 대꾸했다.
"마티오스는 전쟁고아야. 부모도 형제도 친척도 하나 없어."
"자식이 있다는 얘기입니다."
"뭐?"

"두 딸이 있습니다. 들어온 정보에 의하면 그렇습니다."

"정보라니, 자세히 얘기해 봐."

"최근 우리가 습격한 고르게우스 영지 내에 정체를 알 수 없는 적들이 나타났습니다. 난민들 속에 섞여든 우리 측 병사의 진술에 따르면, 그들은 분명히 마티오스 님을 찾는 중이라고 했습니다."

마티오스 외에도 그들이 찾고 있는 사람은 또 한 명이 있다고 했지만, 시토라는 거기까지는 얘기하지 않았다.

"으으음……."

"두 딸의 이름은 라티아, 그리고 트리아입니다."

빠지지직!

루이제의 전신이 뼈 소리를 내며 꿈틀거렸다.

심하게 요동치는 살갗 위로 뼈와 근육이 불거져 나오려 하고 있었다. 변신 직전의 징조임을 알아챈 시토라가 겁에 질려 뒤로 살짝 물러섰다.

"루, 루이제 님, 흥분을 가라앉히세요!"

"거짓말……. 두 딸이 있다고……? 마티오스에게……?"

루이제는 고개를 떨어뜨린 채 턱을 부들부들 떨며 스스로에게 묻듯이 중얼거렸다. 그랬을 리가 없다고 믿고 싶었다.

마티오스는 자신만의 기사였고 앞으로도 그럴 것이라고만 여기고 있었다. 15년간의 세월은 이토록 길었던 것일까.

"설마 그 여자의 딸인가……?"

짚이는 데는 있었다.

마티오스의 시중을 들던 하녀장의 얼굴이 루이제의 눈앞에 희미하게 아른거렸다. 마리나라는 그녀의 이름도 똑똑히 기억하고 있었다.

"내가 아는 마티오스가 확실한가?"

"그럴 겁니다. 성도 똑같았으니까요."

"그런가……."

"어, 어찌된 영문인지는 모르지만……. 그들을 찾아내면 모든 이유를 알아낼 수 있지 않을까요?"

스윽!

루이제의 몸이 평소대로 되돌아왔다. 용케도 흥분은 가라앉혔지만, 분노만은 여전히 찢어질 듯 부릅뜬 두 눈 안에서 활활 타오르고 있었다.

"…이제야 알겠어."

"루이제 님?"

"안식처가 있었어. 그래서 내게 마음을 완전히 열지 못하고 있는 거였어……."

스스로를 그렇게 납득시키는 사이 루이제의 목표는 확실해졌다. 마티오스에게 의지가 되는 사람들을 지상에서 남김없이 제거해 버리는 것이다. 그렇게 되면 마티오스는 자신의 마음을 가감없이 받아들여줄 것이다.

루이제가 고개를 들었다. 그녀는 가늘게 뜬 시선을 시토라에게 던지며 빈정대듯이 말했다.

"역시 당신은 머리가 좋아. 이런 일에도 나의 분노를 이용하다니. 그렇지?"

"부정하진 않겠습니다. 하지만……."

루이제가 손을 내저으며 말을 잇는 시토라를 막았다.

"아무래도 좋아. 당신 말이 맞아. 서로에게 필요한 힘이 되면 그걸로 좋은 거야."

"감사합니다."

"듣기 좋으라고 한 말 아니니 감사 따윈 집어치워. 그래, 어디로 가면 되나?"

"고르게우스 영지의 남서지역 끝, 제국과의 접경 지대입니다."

"호오? 내가 거기서 난리를 피워도 되나?"

"전 긍정적인 입장입니다. 본 드래곤의 힘을 제국군에게 확실히 각인시켜 줄 수 있는 무대라고 생각합니다."

"과연 로이드도 그렇게 생각할까?"

"……."

"중요한 건 아니지. 알았다."

"언제 출발하실 수 있습니까?"

"한 시간 내로 간다."

"그럼 먼저 돌아가 준비하고 있겠습니다."

시토라가 한 발 먼저 마탑으로 통하는 텔레포트 속으로 자취를 감추었다.

루이제도 서재를 나와 온 길을 되돌아 방으로 향했다. 불현듯 생각이 들었다. 지금 이 기분으로 마티오스를 봐도 괜찮을까. 그리고 어떤 표정을 취해야 할까.

방으로 돌아오니 마티오스는 그대로 침대에 앉아 있었다. 은쟁반에 담긴 음식도 먹지 않은 처음 그대로였다. 쟁반을 옆으로 치우며 루이제가 말했다.

"일이 생겼어. 좀 다녀올게."

"나한테 일일이 말하지 않아도 돼."

"푹 쉬고 있어. 당신 집이라고 생각해도 괜찮아. 필요한 게 있으면 집사든 하인이든 언제든지 부르고."

"꽤나 배려해주시는군."

루이제는 비꼬듯이 중얼거리는 마티오스의 옆얼굴을 슬픈 눈으로 바라보고 있었다. 참아야 하는 말이 자꾸만 목구멍을 뚫고 튀어나오려 하고 있었다.

"마티오스, 그대는……."

"뭐?"

"그대는… 그대는……."

목이 메어 말이 제대로 이어지지 않았다. 루이제는 몇 번이나 말끝을 흐린 끝에, 한마디 말을 겨우 토해냈다.

"드래곤을 화나게 하지 마."

본심과는 다른 말이었다.

'드래곤'이 아니라 '여자'라고 말했어야 했다.

하지만 루이제는 끝내 그 말을 하지 않고 방을 휑하니 빠져나왔다.

둥지에 홀로 남은 마티오스는 이유를 알 수 없는 불길함으로 두 손바닥에 얼굴을 묻었다. 눈을 감아도 두 딸의 환영은 사라질 줄을 모르고 있었다.

"으음……!"

시토라와 루이제가 백기사와의 전투를 치르려는 그 시각.

로이드는 이제 막 깊은 잠에서 깨어나려는 참이었다.

"정신이 들어요?"

보이는 모든 사물이 뿌옇기만 했다. 로이드는 힘겹게 두 눈을 깜박이며 초점을 맞추려 애썼다. 점차 흐릿함이 가시면서 시야가 회복되고 있었다.

"얼마나 오래 잠들어 있었는지 알아요? 아저씨, 일주일이 훌쩍 넘어서 겨우 깨어난 거예요."

로이드의 시야 한가운데에서 은효가 말하고 있었다.

화장기는 전혀 없이 수척한 얼굴이었다.
"여긴… 어디지?"
"병원이요. 기억 하나도 안 나요?"
"잠깐만."
로이드는 새하얀 병원의 천장을 쳐다보며 빠르게 기억을 되짚었다. 은효와 게임센터에서 만나 함께 저녁을 먹었던 일부터, 운전 연습을 위해 그녀의 차에 올라탔다가 의식을 잃기까지, 모든 일이 하나씩 뇌리에 되살아나고 있었다.
"기억나."
"정말요? 정말 다 제대로 기억나는 거죠?"
"그래."
"잠시만요. 의사 선생님 오시라고 할게요."
은효가 일어섰다.
로이드가 손을 뻗어 그녀의 팔목을 붙잡았다.
"그럴 거 없어."
"네? 상태를 봐야죠."
"내 몸이야. 누구도 봐줄 필요 없어."
"아무리 그래도……."
"그만 가지."
로이드가 상체를 일으켜 앉았다.
4인 병실인지라 주위에는 세 명의 환자가 더 있었다. 그들은 오랜 잠에서 깨어난 로이드를 신기하다는 눈초리로 힐끔거리는 중이었다.

"참 이상하네."

"뭐가?"

"아저씨 몸이요. 할 수 있는 검사는 다 했는데 원인을 모르겠대요. 처음에는 과로가 심한 거 같다더니, 의사가 돌팔이인가."

"돌팔이는 아닐 거야."

"그리고 아저씨 얼굴에 그 문신 말인데요. 그건 어쩔 때 생겨나는 거예요? 병원에 도착했을 땐 또 사라졌던데. 어? 아저씨, 지금 뭐하세요? 잠깐 기다려요."

은효가 환자복 상의를 벗으려는 로이드를 붙잡았다. 그리고는 곤혹스럽게 입술을 앙다문 끝에 어렵사리 말했다.

"퇴원하기 전에 병원비 정산해야 하거든요. 보험처리도 하고 해야 하니까 신분증이랑 또……."

로이드가 더 듣지도 않고 주위를 두리번거리며 말했다.

"내 바지 어디 있지? 그 주머니에 돈 있는데."

"그건 알아요. 신분증을 찾느라고……. 근데, 무슨 돈을 그렇게 많이씩 갖고 다녀요?"

은효가 열쇠로 서랍을 열고 고이 접어 넣어 두었던 바지를 꺼냈다. 로이드는 바지를 받아 안주머니에서 5만 원 권 지폐

다발을 꺼내 뭉치째로 은효에게 건네며 말했다.

"이거면 충분하겠지?"

"충분하고도 넘치죠. 근데 그냥 내요? 보험처리는요?"

"그런 거 몰라. 계산은 대신 좀 부탁하지. 남은 건 돌봐준 사례니 아가씨가 받아 둬."

"네에?!"

로이드는 환자복 바지는 벗지도 않고 그 위에 청바지를 덧입은 다음 신발을 신었다. 그리고 그길로 빠르게 병실을 나서는 것이었다.

"자, 잠깐만요! 아저씨! 같이 가요!"

은효는 대신 창구로 가 수납을 마쳤다. 그리고 다급히 로이드의 뒤를 쫓아 정문을 나섰다.

병원 앞뜰은 환자와 방문객들로 북적이고 있었다. 그러나 어디에도 로이드의 모습은 보이지 않았다.

"아저씨! 로이드 아저씨!"

은효는 조바심이 났다. 핸드폰도 없는 사람인데 헤어지면 다시 만날 방도가 없는 것이다. 은효는 로이드의 이름을 부르며 병원을 몇 바퀴나 돌았지만 끝내 그를 찾아내지 못했다.

"으으, 짜증나! 뭐 이런 사람이 다 있어!"

발을 동동 구르며 화를 냈지만 지나가는 애만 애꿎게 깜짝 놀라 울었다. 은효는 당황해서 몇 번이나 아이에게 사과한 다음 허탈한 기분으로 자리를 떴다.
"에이, 몰라. 아쉬우면 자기가 알아서 찾으러 오겠지."
은효가 터벅터벅 걸으며 중얼거렸다. 로이드는 경황이 없던 나머지 자신의 것 한 가지를 깜박한 것이다. 우스꽝스러운 패딩 점퍼와 그 안주머니에 담겨져 있는 하나의 물건을.

제8장

본 드래곤

이계
마왕성

'여기도 달이 밝네.'

채빈은 동굴 입구의 암벽에 머리를 기대고 앉아 멍하니 하늘을 쳐다보고 있었다.

그가 등지고 있는 동굴 내부에서 이따금 웅성임이 들려왔다. 채빈과 연호제가 다섯 개의 마을에서 구해낸 총39명의 생존자들이었다.

돌이켜 보니 며칠의 시간이 정신없이 흘렀다. 그사이 연호제와 둘이서 얼마나 분투했던가.

유대 관계에 있는 근처의 마을들을 모두 돌아다니며 언데드들을 해치우고 마티오스와 엘리아의 행방을 수소문했다.

결과적으로 계획된 소득은 전혀 없었다. 예전에 찾아갔던 엘리아의 집에도 텔레포트를 통해 방문해 봤지만 거기엔 이미 다른 세입자가 살고 있었다.

마티오스의 두 딸에 의하면 엘리아는 찾아올 시기를 훌쩍 넘겼다고 했다.

단 한 번도 일방적으로 연락을 끊을 선생님이 아니라면서, 아빠도 많이 걱정했다고 두 딸은 몇 번이나 강조해서 채빈에게 말했던 것이다.

'무사해야 할 텐데.'

엘리아에게 위험이 닥쳤다고 믿고 싶지 않았다.

하지만 폐허가 된 마을들을 포함해 여러 정황을 고려하면 결코 무사할 거라고 안심할 수가 없는 노릇이었다.

어디서 뭘 하고 있는지 모를 엘리아를 떠올리며 채빈은 또 가슴이 먹먹해졌다.

엘리아는 무슨 수를 써서라도 구하고 싶었다. 그녀는 자신에게도 큰 힘을 준 정말로 좋은 사람이니까.

그렇다고 채빈이 절망적이기만 한 것은 아니었다. 아직 엘리아를 만나진 못했으나 그 대신 39명에 달하는 생존자들을 구해낼 수 있었다.

마티오스와 엘리아를 찾는 그들의 움직임이 결과적으로

피난민 구제라는 영웅적 행동으로 승화되었던 것이다.

피난민들은 모두가 채빈을 백기사님이라고 떠받들며 고개를 조아린 채 감사해 했다. 민망함으로 그들을 향해 황망히 손을 내젓던 도중, 채빈은 명치 안에서 팽창하는 감각을 똑똑히 느낄 수 있었다. 본인은 그 감각의 근원을 정확히 설명할 수 없었지만 어쨌든 그는 눈시울이 붉어질 만큼 뿌듯했다. 그건 확실히 채빈이라는 한 인간이 성장하는 단계였다.

'언제쯤 오려나.'

채빈은 먼 수풀을 바라보며 연호제를 떠올렸다.

그녀는 마티오스의 두 딸을 곽동에게 맡기기 위해서 천화지 대륙의 선하촌에 가고 없었다. 노곤한 몸을 축 늘어뜨리며 그는 길게 하품을 뽑아냈다.

'어?'

채빈의 하품이 끝나기가 무섭게 기척이 일었다.

곧이어 연호제가 조심스런 걸음으로 외벽을 돌아 나온 연호제가 그의 앞으로 다가와 섰다.

"오래 기다렸어? 조금 늦었다."

"아니야. 애들은 잘 맡겼어?"

"응, 곽동이 덩치가 커서 무서웠나봐. 애들이 날 붙잡고 계속 가지 말라고 울어대는 통에……. 낯가림에 익숙해질 때까지 함께 있어주느라 시간이 좀 걸렸다."

"애들은 다 그렇지 뭐. 게다가 전혀 다른 세계니. 아무튼 아무 일도 없었어, 여긴."

"조금 쌀쌀하군. 모포를 가져올게. 그리고 맨바닥에 그렇게 앉아 있으면 몸에 좋지 않아."

"별로 차갑지도 않아. 경비는 나 혼자 봐도 되니까 넌 들어가서 눈 좀 붙여."

채빈이 그렇게 권유했지만 연호제는 듣지 않고 모포를 가져왔다.

그녀는 바닥에 모포를 넓게 펼쳐 깐 다음 그 위로 올라가 앉으며 채빈에게 손짓했다.

"이리 올라와."

채빈은 연호제와 나란히 모포 위에 앉았다. 확실히 포근하고 편안했다. 솔직히 지금까지 엉덩이가 시려서 자주 자세를 바꾸던 차였다.

"그대와 난 손발이 잘 맞는 편인 듯하다."

"아, 전투 말이야?"

연호제가 엷게 웃으며 고개를 끄덕여 보였다. 확실히 그녀의 말대로였다.

채빈은 연호제와 한 팀이 되어 싸우는 동안 힘들기는커녕 협력의 묘미와 쾌감에 흠뻑 젖을 수 있었다.

전투 시작 전에 전법을 딱히 정한 것도 아니었다. 자연스레 서로의 특징에 따라 아귀가 맞아 떨어졌다.

연호제와 그녀의 공뢰는 주로 원거리의 적을 담당하고, 시그너스 아머를 입은 채빈은 그녀의 주위를 수비하며 달려드는 적을 막는 방식으로 싸웠다. 그 효율은 상상 이상으로 좋았다.

"앞으로도 쭉 함께 싸웠으면 좋겠네."

채빈이 대수롭지 않게 말했다. 연호제는 가벼운 미소로 그 말을 받으면서 대꾸했다.

"그것보다는 싸울 일이 없는 편이 좋겠지."

"그건 그렇지. 아, 근데 말이야. 궁금한 게 있는데."

채빈이 불쑥 화제를 돌렸다.

모포 끝자락을 끌어 올리던 연호제가 손을 멈추고 채빈에게로 고개를 돌렸다.

"뭐지?"

"네가 쓰는 그 무기 말이야. 공뢰라고 하는 거."

"응, 맞다. 그건 왜?"

"휴대하기 불편할 것 같아서. 어디서 그렇게 쏟아져 나오는 거야? 가방도 안 들고 다니잖아? 오늘 낮에 구울들이랑 싸울 때만 해도 열 개는 던지는 것 같던데."

"후훗."

연호제가 한 팔을 아래로 떨어뜨리며 옷소매를 펄럭였다.

그러자 옷소매 속의 팔을 타고 둥근 공뢰 하나가 굴러 나와 연호제의 손 안에 쥐어졌다.

"궁금한가?"

"그래, 이거. 옷 속에 잔뜩 숨겨두는 거야?"

그렇게 말하면서 채빈은 연호제의 상체를 이리저리 돌아보았다. 아무리 봐도 숨긴 것 하나 없는 가녀린 여체일 뿐이었다. 연호제는 재미있다는 듯이 소리 죽여 웃고 있었다.

"진짜 뭐야? 되게 신기하네."

"그대에겐 이렇게 많이 숨겨두는 게 가능해 보이는 건가?"

그렇게 말하며 연호제가 연신 팔을 흔들었다.

옷소매가 펄럭일 때마다 공뢰가 쉴 새 없이 줄줄이 흘러나오고 있었다.

급기야 채빈과 연호제 사이의 바닥에 열 개도 넘는 공뢰가 쌓였다.

"와, 나도 좀 가르쳐 줘. 어떻게 하는 건지."

"이것 덕분이야."

연호제가 다른 팔을 옷소매 속으로 쑥 밀어 넣었다.

그리고 어깻죽지 부분에서 무엇인가를 떼어내는가 싶더니 다시 손을 빼냈다. 그 손에는 작은 잿빛 자루가 쥐어져 있었다.

"이게 뭐야?"

"공뢰를 담는 자루."

"이 작은 자루에 공뢰를 담아?"

"두 개가 있어서 양쪽 어깨 부위에 부착해 사용하고 있어."

"아니, 하나에 몇 개나 들어가는데?"

"나도 잘 몰라. 300개까지는 넣어봤다."

채빈이 놀란 입을 떡 벌리며 허리를 곧추세웠다.

"300개?! 그게 말이 돼? 이렇게 작은데?"

"이름이… 야니무의 자루라고 하더군. 언젠가 던전을 공략하면서 받은 보상이다."

"아하, 던전 보상? 이런 것도 있었네."

채빈이 감탄하듯 중얼거리며 자루를 이리저리 만져 보았다. 외견상으로 느껴지는 특이점은 전혀 없었다.

그때 문득, 연호제가 조금은 미안한 듯이 뺨을 긁적이며 말했다.

"미안하군. 여유가 있으면 하나 선물할 텐데. 나중에 던전을 공략하다 얻게 되면 그대에게 꼭 주겠다."

"아니, 됐어. 난 꼭 필요한 것도 아니고."

말이 끊기고 정적이 끼어들었다.

침묵 속에서도 채빈은 이상하리만치 어색함이 느껴지지 않아 스스로 신기해 하고 있었다. 그건 연호제도 마찬가지였다. 며칠을 함께 싸워온 유대감 이상의 감정이 둘 사이에 싹

트고 있었다.

시간이 얼마나 지났을까.

피로감으로 채빈의 두 눈이 가물거려 왔다. 채빈은 고개를 좌우로 흔들며 졸음을 쫓으려 애썼다. 하지만 허사였다. 점점 두 눈꺼풀이 납덩이라도 단 것처럼 무거워지고 있었다.

'미치겠네. 체면상 먼저 좀 자겠다고 할 수도 없고.'

그런 생각을 하며 연호제를 돌아보는데 이게 웬걸, 그녀는 이미 고개를 반쯤 떨어뜨린 채 꾸벅꾸벅 졸고 있었다. 좀처럼 보기 힘든 그녀의 평범하고 인간적인 모습에 채빈은 저절로 웃음이 났다.

'이그, 기왕 잠깐이라도 자는 거 편하게 잘 것이지.'

모포에 연호제를 눕히려고 팔을 드는데 문득 채빈은 망설여졌다. 또 몸에 손을 댔다간 난리가 날까봐 지레 겁이 났다. 그러는 사이에 연호제의 머리는 점점 앞으로 기울어 숫제 이마가 땅에 닿으려 하고 있었다.

'에라, 모르겠다.'

채빈은 눈 딱 감고 연호제의 양어깨를 살며시 잡았다.

손이 닿은 순간 연호제는 살짝 침음을 흘렸을 뿐, 다행히 눈은 뜨지 않았다.

'휴우!'

채빈은 최대한 손에서 힘을 빼고 그녀를 조심조심 모포 위로 눕혔다. 그러던 도중, 예상치 못하게 균형이 무너지면서 그녀의 머리는 채빈의 허벅지 위로 떨어져 내렸다.

"헉."

"으음……. 음……."

채빈은 심장이 녹아내리는 줄 알았다. 천만다행으로 연호제는 잠에서 깨지 않았다. 그저 입맛을 다시며 채빈의 몸 쪽으로 몸을 돌려 눕는 것이었다.

'으아, 10년 감수했네. 이거 무슨 퀘스트도 아니고.'

채빈은 경직된 몸을 꼼짝하지도 못하고 고개만 살짝 떨어뜨려 연호제의 얼굴을 내려다보았다. 세상에서 가장 편안한 표정으로 아기처럼 새근새근 잠들어 있었다.

'의외네.'

그런 생각이 드는 채빈도 미처 고려하지 못한 부분이 있었다.

자신의 곁이기에 연호제가 능히 경계를 풀 수 있었다는 것을. 그래서 안심하고 이렇게 잠이 들 수 있었다는 것을.

'근데 난 어떡하냐……. 이거 움직일 수도 없고.'

조금만 뒤로 가도 벽에 등을 기대고 눈을 붙일 수 있으련만. 방도가 없음을 깨달은 채빈은 팔짱을 꼈다가, 다시 두 팔을 뒤로 해서 바닥을 짚기도 하며 앉은 채로 졸아야 했다.

그로부터 얼마 후.

"아이구, 싸겠다. 술을 너무 많이 마셨나."

동굴 안에서 피난민 한 명이 비틀비틀 걸어 나오고 있었다. 수염이 그득한 중년의 사내였다. 두 손으로는 빵빵하게 부푼 아랫배를 감싸고 있었다.

그는 본래 술을 좋아하는 성미라 하루도 빼놓지 않고 곡주를 마시곤 했다. 그런데 최근 며칠간 그토록 좋아하는 술을 입에 대지도 못했었다.

피난하는 중인데 술을 마셨다간 일행으로부터 빈축을 살 것이 뻔했기 때문이다.

그런데 오늘은 한계에 다다르고 말았다. 잠을 자려고 누워도 눈앞에 술이 아른거리고 군침이 돌아 도무지 버틸 재간이 없었다.

그래서 야음을 틈타 숨겨두었던 곡주를 마신 것인데, 너무 과했는지 요의가 심하게 밀려와 잠에서 깨고 말았던 것이다.

"허허, 그림 좋네. 나도 저럴 때가 있었지."

연호제는 채빈의 다리 위에, 채빈은 연호제의 어깨 위에 머리를 의지한 채 곤히 잠들어 있었다.

함께 몸을 포개고 잠든 그들을 바라보며 사내는 잠시 짓궂게 웃었다. 그러다가 다시 요의를 느끼고 얼굴을 찌푸리며 발을 서둘렀다.

"으으으……. 싸, 싼다!"

동굴 입구를 등지고 외벽을 빙 돌아 뒤로 간 그는 다급히 허리띠를 끄르고 배출을 개시했다.

폭포수와 같은 물줄기가 콸콸 쏟아져 나왔다. 사내는 고개를 뒤로 한껏 꺾고 기분 좋은 한숨을 내쉬었다.

"후, 살겠네……. 으응?"

사내가 두 눈을 가늘게 떴다. 무심코 바라본 눈앞의 어둠 한가운데에 시선이 고정되어 있었다.

그림자 하나가 달빛에 흐릿하게 몸을 밝힌 채 커져 오고 있었던 것이다.

"누… 누구요?"

상황이 상황인지라 사내는 돌연 겁이 덜컥 났다. 사내는 아직도 흘러나오고 있는 물줄기를 대충 끊고 털어낸 다음 바지를 치켜 올렸다.

저벅저벅.

그림자는 이제 거의 열 걸음 앞까지 다가온 상태였다.

비로소 사내는 그림자의 정체를 알아볼 수 있었다. 검은 로브를 입은 여자였다. 후드 밖으로 흘러나온 붉은 머리칼이 바람에 아스라이 흔들리고 있었다.

"피난민 중 한 분이신가? 얼굴이 낯선데……."

사내가 여자의 얼굴을 기웃거리며 물었다.

여자는 대답이 없었다.

한 걸음 더 가까이 다가서며 사내가 질문을 이었다.

"이 시간에 산책이라도 하시려고?"

여자는 대단히 아름다운 얼굴이었다.

그녀의 미모에 사내는 자연스레 경계심을 누그러뜨리고 있었다.

"이야, 근데 이 로브는 옷감이 뭐요? 엄청 고급스러워 보이네."

사내의 손이 무심결에 여자의 옷소매로 향했다.

바로 그 순간.

슈캉!

한 줄기 눈부신 섬광이 사내의 눈앞을 물들였다.

그 직후 폭발하는 격렬한 뜨거움이 느껴졌고, 허공을 수놓고 있는 자신의 두 팔을 사내는 볼 수 있었다.

"크아아아아아아악!"

사내가 고통 속에서 울부짖었다.

어깻죽지부터 잘려 나간 양팔 부위에서 핏물이 분수처럼 솟구쳐 나오고 있었다.

이미 여자는 그 핏물을 피해 멀찌감치 물러난 뒤였다.

"감히 그 더러운 걸 만진 손을 어디다 들이대."

아픔으로 버둥거리는 사내에게 여자가 담담히 말하고 있

었다. 사내는 학질 걸린 사람처럼 두 눈을 까뒤집고 숨을 할딱거린 끝에 무릎을 꿇듯이 고꾸라졌다.

"뭐야! 헉!"

비명 소리에 잠에서 깬 채빈과 연호제가 달려온 참이었다. 그들은 정체불명의 여자 너머로 팔이 잘린 사내를 보고 기겁하여 그에게 달려갔다.

"아, 아저씨! 아저씨!"

"끄으으으……!"

채빈이 다급히 잘린 팔 부위에 대고 힐 마법을 시전했다. 그러나 허사였다.

사내는 심한 충격과 통증으로 몸이 놀란 나머지 채빈과 연호제가 보는 앞에서 숨이 끊기고 말았다.

"이게… 이게 무슨 짓이야?"

채빈이 분노로 치를 떨며 여자를 돌아보았다. 연호제가 진정하라는 의미로 채빈의 팔목을 붙들었다.

로브 차림의 여자는 마치, 벌레 한 마리 밟아 죽인 게 뭐 대수롭냐는 투로 두 손바닥을 들어 보이고 있었다.

"당신 누구야? 왜 이런 짓을 했어?"

"내가 묻고 싶은 말인데."

여자가 후드를 벗으며 대답했다. 그녀의 길고 붉은 머리칼이 어깨 뒤로 쏟아지고 있었다.

"길게 말하지 않겠다. 너희들 피난민이지?"

"그렇다면?"

"물어볼 것이 있으니 가서 대장을 불러와."

"대장 같은 건 없어."

"대장이 없다고? 너희들을 이끌어서 여기까지 도망쳐 온 우두머리가 없단 말이야?"

연호제가 채빈에게 고개를 가로저어 보였다. 일단 무엇이든 함부로 먼저 말하지 말라는 의미였다. 채빈도 이해하고 고개를 살며시 끄덕여 보였다.

거기에 더불어, 채빈과 연호제는 본능적으로 짐작하고 있었다. 눈앞에 나타난 이 여자는 지금까지 싸웠던 그 어떤 상대보다도 강한 힘을 가졌으리라고.

"후우, 그럼 이거… 어떻게 질문을 할까."

여자가 손가락으로 제 이마를 또드락거리며 중얼거렸다.

그러더니 귀찮은 기색이 만연한 얼굴로 다시 채빈과 연호제에게 명령하듯 말했다.

"여기 여자애 둘 있지? 자매일 텐데."

그 질문을 받은 순간, 채빈과 연호제가 자연스레 같은 생각을 하고 서로를 쳐다보았다.

"이름은 라티아와 트리아. 맞지? 걔들을 내놔. 그럼 너희는 고이 보내주겠다. 전부 잡아가는 게 내 일이지만 특별히 봐주겠다는 뜻이야."

"그런 애들은 없어."

"거짓말은 안 통해."

"정말 없다고."

"너희들, 마티오스라는 남자를 찾아다니고 있잖아?"

정곡을 찌르는 여자의 질문에 채빈과 연호제는 둘 다 할 말을 잃었다. 어떻게 대응해야 할지 알 수 없었다.

섣불리 찾는 이유를 물어봤다가는 제 발목을 잡는 꼴이 될 수도 있었다. 무엇보다 아직 이 여자의 정체조차 모르고 있었다.

"그 남자의 두 딸이 너희들과 함께 있을 텐데."

"구관조 새끼마냥 똑같은 소리 반복하게 하지 마. 없다고 몇 번을 말해야 하지?"

"흐음, 세게 나오시는데?"

여자가 피식 웃으며 하늘을 한 번 보고는 다시 바닥을 내려다보고 한숨을 뽑았다.

무척 불쾌하지만 참고 있다는 의사가 역력히 드러나는 몸짓이었다.

"좋아, 함께 있는 게 아니라면 그 두 여자애가 어디에 있는지 그거라도 말해. 이상하게 오늘은 피를 보고 싶지가 않아. 솔직히 말해서 방금 저 남자를 해친 것도 후회하고 있어."

말은 그렇게 했지만 정작 목소리에서는 한 점의 미안함도 느껴지지 않았다. 곧이어 그 얼음 같은 심성을 증명하듯 여자는 하얀 이를 드러내고 웃으며 빈정거리는 것이었다.

"오줌 싸다 말고 그 더러운 손으로 날 만지려고 해서 화가 났거든. 정당한 대가를 받은 셈이지."

"뭐 이런 미친……!"

"미친? 그 다음에 이어질 말은?"

여자가 희롱하듯 손짓을 보내며 다음 말을 재촉했다.

부서져라 움켜쥔 채빈의 두 주먹이 요동치고 있었다. 여자를 이토록 두들겨 패고 싶다는 생각이 든 건 처음이었다. 당장 뛰어나가 저 마음에 안 드는 낯짝을 뭉개지도록 후려치고 짓밟아주고 싶었.

바로 그때였다.

동굴 쪽에서 웅성임이 일어나고 있었다.

곧이어 몇몇 피난민들이 소란을 듣고 호기심을 참지 못해 하나둘씩 밖으로 나오고 있었다.

"들어가요!"

연호제가 소리쳐 말했다.

상황을 파악하지 못한 피난민들은 그 자리에서 우왕좌왕하며 쑥덕거리기 바빴다. 여자의 시선이 그쪽으로 돌아가고 있었.

"호오, 그렇지. 너희 둘 말고도 다른 피난민들이 있었지. 저들 중에는 나와 대화가 통할 사람이 있을지도 모르지."

여자가 동굴 쪽으로 몸을 돌리고 있었다. 이제 더는 지체할 상황이 아니었다. 피난민들은 기껏해야 농기구를 들고 겨우 제 몸 하나 건사할 줄 아는 약한 사람들뿐이었다.

"까불지 마!"

채빈이 목청껏 소리치며 여자에게로 몸을 날렸다.

―시그너스 아머.

슈우우우욱!

백색의 갑옷이 생겨나 채빈의 전신을 휘감았다. 갑옷 착용이 완료되자마자 채빈은 마나를 끌어올렸다.

―시프트!

부우우우우우웅!

레비테이션 윙과 결합된 시그너스 아머 전용스킬 시프트가 발동되었다.

채빈은 시프트를 길게 끌지 않았다. 여자의 후방으로 반 바퀴 몸을 돌리자마자 바로 연계 스킬을 시전했다.

건틀렛으로 시프트의 마나가 응축되자마자 채빈은 여자의 머리로 직격을 날렸다. 그 찰나의 순간에, 여자도 소맷자락을 펄럭이며 왼팔을 치켜들었다.

―버스터!

콰아아아아아아아아앙!

"우와아아앗!"

"히이이이이이익!"

고막이 터질 듯한 폭음에 피난민들이 혼비백산하여 이리 저리 도망쳤다.

연호제만이 전투태세를 갖춘 채 침착하게 주위를 배회하는 중이었다.

"크윽!"

뒤이어 채빈의 입에서 신음이 튀어나왔다.

내질렀던 주먹을 허공에 든 채 충돌의 여파에 휩쓸려 연호제 쪽으로 밀려나고 있었다. 연호제가 뛰어가 채빈을 부축했다.

"괜찮아?"

"괘, 괜찮아. 팔이 조금……!"

말과는 달리 채빈은 전혀 괜찮지 않았다. 갑옷 속의 주먹이 쇠망치에라도 찍힌 것처럼 심하게 아팠다.

상당한 강화를 이뤄냈음에도 불구하고 이 정도로 충격을 받을 줄이야. 도대체 상대는 무슨 방법을 써서 방어를 한 것일까.

채빈은 알 수 없었다. 솔직히 버스터를 사용하는 순간 여자의 움직임을 제대로 보지도 못했다.

"이 한 방으로 끝?"

여자가 처음처럼 두 팔을 늘어뜨린 채 고개를 갸웃거리며 묻고 있었다. 흡사 모기에 물린 것만도 못하다는 무료한 모습이었다.

채빈은 타는 목으로 침을 꿀꺽 삼켰다.

이 한 방으로 더욱 확실히 느꼈다.

눈앞의 저 여자는 지금까지 본 모든 적들을 훨씬 상회하는 괴물인 것이다.

'큰일인데……. 왜 버스터가 전혀 안 먹히지?'

시프트를 너무 빨리 끝내서 응축된 마나가 부족했는지도 모르는 일이었다. 그렇게 생각하면서도 채빈에게는 확신이 없었다.

어느 정도의 힘을 갖고 있는지 모를 적을 상대로 길게 시프트를 유지할 자신이 없어서였다.

'다른 기술을 써야 돼.'

채빈은 재빨리 머리를 굴리며 기술을 강구했다.

프로스트 바처럼 일대다 상황에서 위력을 발휘하는 기술들은 지금 상황에 비효율적이다.

사용 불가능한 기술들을 모조리 소거하고 나니 남은 건 시그너스 빔과 황도십이류 오의, 그리고 극선풍류의 세 가지 초식이었다.

"같이해."

연호제가 채빈의 옆으로 나란히 섰다.

그녀도 이제는 채빈이 장착한 시그너스 아머에 제한시간이 있다는 것을 똑똑히 상기하고 있었다.

불리하든 말든 싸움은 이미 시작되었다. 어떻게 해서든 승리를 이끌어내 피난민들을 지켜야 하는 것이다.

"아하, 그러고 보니……!"

난데없이 여자가 놀란 듯이 손가락을 튕기며 탄성을 내뱉었다.

"네가 백기사라고 불리는 남자였구나. 맞지? 저기 재미나게 구경하고 있는 피난민들의 영웅. 응? 맞지?"

질문 속에 담겨진 조롱의 의도를 채빈이 모를 리 없었다.

채빈은 대꾸하지 않고 여자를 주시하며 살며시 다가섰다. 연호제도 공뢰를 양손에 하나씩 쥔 채 채빈과는 반대로 천천히 움직이고 있었다.

여자는 조금의 위기의식도 느끼지 못한 듯 태평하게 두 사람을 돌아보며 말했다.

"협공인가? 모기 두 마리가 한꺼번에 덤비면 뭔가 달라질 거라고 생각하는 거야? 뭐, 좋아. 상대해 주지. 특히 너, 백기사. 진정 영웅으로 불릴 만한 가치가 있는 자인지 아니면 허명인지 시험해 주마. 허명이라면 살아서 돌아갈 생각은 버리는 게 좋아. 난 약한 사내를 증오하거든."

"도발에 말려들지 마."

연호제가 침착한 목소리로 채빈에게 조언했다.

채빈이 헬멧 속에서 두 눈을 깜박여 보였다. 확실히 연호제의 냉철한 면은 전투에서 많은 도움이 되어주고 있었다.

바로 그때, 예상치 못한 일이 벌어졌다.

"백기사 님 이겨라! 이겨라!"

"저런 여자 하나쯤은 당장 해치워 버려요!"

동굴 앞 쪽에 모여 있던 피난민들이 두 손을 치켜들고 응원하기 시작했다.

여자의 짜증스런 시선이 그들에게로 향하는 걸 보고 채빈은 심장이 철렁 내려앉았다. 이 여자를 섣불리 자극했다가는 무슨 일이 벌어질지 모르는 일이다.

"하지 마요! 그냥 들어가라고요!"

채빈이 고함쳤다.

응원하는 마음이야 십분 이해한다고 해도 실상 전투에는 전혀 도움이 되지 않는 요소였다.

그러나 그들은 말을 듣지 않고 기어이 더욱 가까이 다가오며 언성을 높이는 것이었다.

"까불지 마라, 이 못생긴 여자야! 백기사 님께서 너 따위에게 당할 것 같냐!"

"맞아, 맞아! 수십 마리의 구울들을 뼈 하나 안 남기고 싹다 해치우신 분이라고!"

심지어 어떤 피난민은 한술 더 떠 동굴 안에 숨어 있는 동료들을 밖으로 불러내기까지 하는 것이었다.

"어이, 다들 안에서 뭐해! 숨어 있지만 말고 다들 나와! 나와서 응원해! 백기사 님께 기운을 드리자고!"

"아, 제발! 그만들 하시라고요! 그냥 얌전히 계세요!"

채빈의 고함 소리마저 그들의 격앙된 응원 속으로 삼켜졌다.

이대로는 도저히 싸울 수 없었다. 동굴 안으로 그들을 들여보내기 위해 채빈이 몸을 트는 순간, 붉은 머리칼의 여자도 피난민들 쪽으로 몸을 돌렸다.

"아, 안 돼!"

그것은 뒤늦고 불필요한 만류였다.

여자는 피난민들이 선 동굴 앞쪽을 향해 공을 굴리듯 손바닥을 내밀고 있었다.

—네오 웨이브.

휘이이이이이이이이잉!

"크으윽! 뭐, 뭐야!"

"으아아아아악! 사, 살려 줘!"

동굴 앞에 모여 있던 예닐곱 명의 피난민 모두가 갑작스런 회오리바람에 말려 하늘 높이 올라가고 있었다.

여자는 무심한 눈길로 그들을 올려다보며 내질렀던 손으로 주먹을 꽉 쥐었다.

콰아아아아아앙!

회오리바람이 한데 모이며 폭발을 일으켰다.

사색이 된 채빈과 연호제의 머리 위에서 붉디붉은 폭죽이 한껏 흩뿌려지고 있었다.

채빈의 뺨 위에도 그 잔해가 후두둑 떨어졌다. 아직도 따뜻함을 잃지 않은 그 잔해는 조금 전까지만 해도 목청껏 응원하고 있던 피난민들의 피와 살점이었다.

"아름다운 기술이지?"

폭죽의 잔해를 피해 후드를 뒤집어쓰며 여자가 물었다. 피로 얼룩덜룩해진 로브 안에서 그녀는 잔인하기 짝이 없는 미소를 짓고 있었다.

"근데 보다시피 뒤가 깔끔하지 못해서. 오랜만에 사용하느라 이 단점을 잊고 있었네. 에이, 벗어야겠다."

사람으로서 어떻게 저럴 수 있을까.

눈 깜짝할 사이에 수 명의 사람을 으깨서 죽여 놓고 더러워진 자기 옷에 짜증을 내는 모습이라니. 채빈은 분노에 앞서 공포로 몸서리가 쳐졌다.

휘이익!

여자가 입고 있던 로브를 벗어던졌다.

감춰져 있던 그녀의 몸은 은회색 갑옷으로 둘러싸여져 있었다.

실로 기묘한 형태의 갑옷이었다. 목의 전후좌우로 네 개의 뿔이 돋아나 있었고, 괴이한 형상의 큼지막한 괴물 머리가 오른쪽 어깨 부위를 떡하니 차지하고 있었다. 엉덩이의 치골 부위에서 시작된 긴 꼬리는 바닥에 끌릴 정도로 길게 내려와 있었다.

기묘하기도 하지만 한편으로는 속살의 태반을 노출시키고 있어 요염함이 느껴지기도 하는 독특한 갑옷이었다.

'저걸로 막았나?'

채빈의 시선은 여자의 왼손에 들려 있는 무기에 고정되어 있었다. 한눈에 보아도 몹시 무거워 보이는 거대한 외날도끼였다.

자신의 버스터를 막아낸 방어구가 틀림없으리라고 채빈은 속으로 확신했다.

"자, 이제 제대로 시작해 볼까."

여자가 준비운동을 하듯 좌우로 목을 한 번씩 꺾었다. 치렁치렁하게 양옆으로 흔들리는 머리칼은 달빛 아래서 한결 더 피처럼 붉어 보였다.

"오랜만에 내 무기를 손에 드니 가슴이 두근거리는데. 부디 시시한 전투로 끝나지 않기를 진심으로 기원하며."

여자가 두 손으로 자루를 잡고는 자신의 낯 위로 서서히 치켜들었다. 날카로운 날 끝을 채빈의 미간 한가운데로 겨눈 채, 그녀가 나직이 말했다.

"대공 루이제, 간다."

부우우우우웅!

『이계마왕성』 8권에 계속…

화보부록

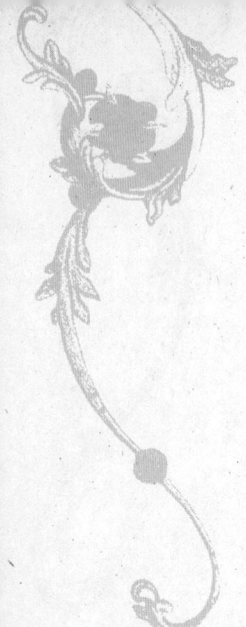

이계
마왕성

이제부터 전자책은
이젠북

www.ezenbook.co.kr

새로운 세계가 열린다!

서현『조동길』ᴺ   남운『개방학사』ᴺ   백연『생사결』ᴺ
목정균『비뢰도』   좌백『천마군림』   수담옥『자객전서』
용대운『천마부』   설봉『도검무안』   임준욱『붉은 해일』
진산『하분, 용의 나라』   천중화『그레이트 원』

이름만 들어도 황홀할 정도의 별들의 향연!

이들의 "유료연재"가 시작됩니다!

검색창에 **이젠북** 을 쳐보세요! ▼ 🔍

十萬大敵劍

Fantastic Oriental Heroes

십만대적검

오채지
新무협 판타지 소설

개파 이래 한 번도 고수를 배출한 적 없는
오지의 산중문파 제종산문.

무려 십칠 대에 이르러서야 마침내 괴물 같은 녀석이 나타났다!
하지만 그는 세상사에 초연하기만 하고,
속 터진 사부는 천일유수행(千日流水行)을 핑계 삼아
제자를 산문 밖으로 내쫓는데…….

『십만대적검』!

바깥세상이 궁금하지 않았던 청년 장개산의
박력 넘치는 강호주유기!

세상을 향해 외쳐라

FUSION FANTASTIC STORY

이진혁 장편 소설

2013년 봄, 조금은 특별한 커플 매니저가 온다!
한국 최고의 기업, 한국 기업에 입사한 민성.
밝은 미래를 기대하는 그를 기다리던 것은
김 대리를 대신한 억울한 누명과 옥살이뿐.

"여기서 끝날 거라 생각지 마라, 김호철!"

그렇게 분노를 안은 채 이어진 인연으로
남의 연을 이어주며 복수를 준비하다!

『세상을 향해 외쳐라!』

한 남자의 세상을 향한 포효가 시작된다!

Book Publishing CHUNGEORAM

유행이 아닌 자유추구 -
WWW.chungeoram.com

이두열
퓨전 판타지 소설

마법기사 귀환록

FUSION FANTASTIC STORY

뜻하지 않은 교통사고.
그러나 청년 태성을 기다리고 있는 것은
죽음이 아닌, 어둠 너머 케인의 몸이었다.

「마법기사 귀환록」

의지로 발현되는 마법, 속성력.
자신의 자리로 돌아가고 싶은 태성의 의지가 신화를 낳는다.

우리를 마법사라 부르는 사람도 있고,
우리를 기사라 부르는 사람도 있다.

그러나 우리는 운명을 만드는 자들, 마법기사다!

홍준성 퓨전 판타지 소설

FUSION FANTASTIC STORY

생존록

대한민국 평범한 청년 정우성.
어느날 합숙을 가러 집을 나섰는데,

휘이이잉-

"이, 이게 무슨……?"

눈앞에 펼쳐진 설원,
설원을 지나니 이번엔 밀림이?

보랏빛 행성이 하늘에 떠 있고 나무가 살아 움직인다.

"살아남아 반드시 지구로 돌아가리라!"

베인의 이계 생존록.
살아남기 위한 그의 처절한 노력이 시작된다.

Book Publishing CHUNGEORAM

유행이 아닌 자유추구 -
WWW.chungeoram.com

十萬對敵劍
Fantastic Oriental Heroes
십만대적검

오채지
新무협 판타지 소설

**개파 이래 한 번도 고수를 배출한 적 없는
오지의 산중문파 제종산문.**

무려 십칠 대에 이르러서야 마침내 괴물 같은 녀석이 나타났다!
하지만 그는 세상사에 초연하기만 하고,
속 터진 사부는 천일유수행(千日流水行)을 핑계 삼아
제자를 산문 밖으로 내쫓는데……

『십만대적검』!

**바깥세상이 궁금하지 않았던 청년 장개산의
박력 넘치는 강호주유기!**

Book Publishing CHUNGEORAM
WWW.chungeoram.com

이문혁 장편 소설
FUSION FANTASTIC STORY

PURSUER
BONG CENTER
퍼슈어

**「난전무림기사」, 「마협 소운강」의 작가 이문혁
그가 그려내는 현대물의 신기원!**

서울 서초구 고층 빌딩 사이에 존재하는
아는 사람만 아는 미지의 건물 봉 센터.
베일에 쌓인 그곳에 오늘도
정보에 목마른 자들이 왕래한다.

정계의 비밀부터 국가 기밀까지.
혹은 사회를 떠들썩하게 만든 사건의 정보까지!
원하는 모든 것을 찾아주나,
아무나 그곳을 찾을 수는 없다!

**그대여, 이런 현대물을 본 적이 있는가!
이 세상의 어둠 속에서 숨 쉬는
또 다른 세상의 이면을 즐겨라!**

김중완 장편 소설

FUSION FANTASTIC STORY

서린의 검
Sarin's Sword

2013년 봄과 함께 찾아온 청어람 추천작!
『로드 오브 마스터』, 『신검신화전』의 김중완.
그가 돌아왔다!

번개와 함께 찾아온 검,
그 검과 찾아든 기연은 운명을 개척한다!

그 어떤 누구도 그가 가는 길을 막을 수 없다!
절대 강자 서린의 호쾌한 독보를 기대하라!

"내 앞을 막지 마라! 이것이 나의 검이다!"
우리는 그를 가리켜 검의 주인, 마스터라 부른다!
『서린의 검』

Book Publishing CHUNGEORAM